POËME
EN DIX CHANTS;
RADUIT DE L'ALLEMAND
DE
M. KLOPSTOCK.

SECONDE PARTIE.

A PARIS,

Chez VINCENT, Imprimeur-Libraire
de Mgr le Comte de PROVENCE,
rue S. Severin.

M DCC LXIX.

Avec Approbation, & Privilége du Roi.

1008.

CHANT SIXIEME.

ARGUMENT.

Tandis que Gabriel & Eloa s'entre-tiennent sur la montagne des Oliviers, Judas, à la tête d'une troupe de soldats, vient pour se saisir de la personne du Messie. Ce qui arrive à Judas & aux satellites. Jesus se laisse lier, & reprime l'impétuosité de Pierre. Il arrive un messager qui annonce à l'assemblée des prêtres qu'un des gens envoyés pour prendre Jesus, est tombé mort en sa présence. Un second annonce que Jesus est pris, & qu'on l'amene. Enfin un troisieme annonce qu'il approche du palais. Cependant comme la Messie, qui avoit été réunie chez Anne, n'arrive pas au gré de l'impatience de Philon, il va le chercher pour le faire conduire chez Caïphe. Le Messie paroît devant le Sanhédrin. Philon l'accuse. Un ange de la mort le frappe d'une terreur subite, dans le moment où il alloit maudire Jesus. Porcie, que la curiosité de voir Jesus avoit amenée à une tribune qui

Partie II.   A

donnoit fur l'affemblée, admire la di=
gnité avec laquelle il écoute Philon. Les
témoins fubornés dépofent contre lui:
Fureur de Caïphe de ce que Jefus ne lui
répond rien. Le Meffie dit enfin qu'il eft
le Fils de Dieu & le Juge du monde.
Caïphe & le refte de l'affemblée le
condamnent à la mort. Il eft livré aux
foldats, qui le traitent avec indignité.
Porcie attendrie s'en va de douleur,
& implore le plus grand des Dieux.
Pierre fort, raconte fa lâcheté à Jean,
s'en fépare, & pleure amèrement fa
faute.

LE MESSIE.

✺✺✺✺✺✺✺✺✺✺✺✺✺✺✺

CHANT SIXIEME.

Lus le fage approche du
terme fatal, plus le fentiment de la mort fe gliffe dans
tous fes membres, & plus
inftans qui lui reftent déviennent
écieux pour lui. Il les préfere aux
ngs jours qui les ont précédés. Il fent
l'Eternel exige alors de fon cœur
t le dernier facrifice d'une obéif-
e qui doit mettre le fceau à fa per-
on ; il s'efforce de remplir ces inf-
ineftimables par des actions inté-
eures de vertu, que fon juge puiffe
uver dignes d'une récompenfe éter-
le. Ainfi les heures du grand Sabbat
ftique devenoient plus folemnelles
plus précieufes aux yeux de Dieu
ême, à mefure que la victime appro-

choit plus près de l'autel, que le Réconciliateur se hâtoit de verser son sang, & de crier du haut de la croix, « Que » la nouvelle création soit faite ! » & pour incliner ensuite sa tête ensanglantée dans les ombres de la mort... Eloa connoissoit tout le prix de ces heures sacrées ; elles avoient pour lui plus de charmes que les momens fortunés de sa naissance qui avoit précédé celle de tous les anges. Dans les transports de sa joie, il sortit des ténébres où il s'étoit caché, se découvrit à Gabriel, & dit à son ami céleste :

« L'as-tu vu souffrir ? j'en frémis en- » core ! Ah ! Gabriel, l'as-tu vu souffrir! » Le langage des anges même n'a point » d'expression pour peindre ce que j'ai » senti ! Tu l'as vu comme moi ! Mais... » que ne souffrira-t-il pas encore ? De » chaque instant de ses souffrances dé- » pendent des éternités sans nombre!

..« Depuis un tems immémorial, ré- » pondit Gabriel, je fais tous mes ef- » forts pour pénétrer dans le grand évé- » nement qui se prépare : j'aurois seule- » ment voulu l'entrevoir confusément, » & sans l'approfondir ; mais je m' » perds. Gardons un respectueux silence

»Tout ce qui se fait ici, est mystérieux,
»saint, & au-dessus de notre portée !
»Nous ne voyons, à la vérité, que des
»tombeaux autour de nous; mais il en
»sortira des anges de lumiere. Dor-
»mez en paix, heureux mortels !....
»Mais qui sont ces furieux que j'apper-
»çois marcher là-bas à la lueur des flam-
»beaux ? Quelle est cette odieuse co-
»horte de brigands qui semblent en-
»voyés par les enfers ? Mais celui qui
»créa les insectes & les soleils, régne
»également par le vermisseau, comme
»par le séraphin..... Que vois-je ?
»Judas à leur tête ! Judas leur sert de
»conducteur ! Le perfide ! Il ne mar-
»chera pas d'un pas si audacieux, lorf-
»que la trompette ranimera la cendre
»des morts, cachée à présent dans le
»sein des collines ! » Tandis qu'il parloit ainsi, cette troupe de satellites
éleva les flambeaux, & cherchoit de
tous côtés dans le labyrinthe des arbres & de la nuit. L'Homme-Dieu les
apperçut, &, dans l'instant, envoya
contr'eux un nuage épais, qui les couvrit d'une nuit épouvantable : ils en
furent glacés de terreur. Mais le détestable Iscariot brava ce puissant aver-

A iij

tiffement, & fe fortifia dans fon no
deffein. « Où eft-il, dit le perfide
» celui que fes favoris prétendent avo'
» vu rayonnant de gloire fur le Tabo
» Ils le verront bientôt dans les fers
» & tous leurs projets de grandeur vo
» s'évanouir. . . . Mais tu trembles, am
» pufillanime. L'obfcurité de la nu'
» peut - elle effrayer des hommes
» Acheve ton ouvrage; ofe te frayer
» route à la fortune & au bonheur.
Plein de ces penfées, Judas pourfuiv
fes recherches. Le Meffie le vit venir
& dit en lui-même : « O voies my
» térieufes que je parcours dans la pouf-
» fiere ! qu'il y a loin de ce féjour des
» pécheurs aux tentes éternelles ! Mais
» je veux les parcourir ces voies humi-
» liantes : elles brilleront un jour, lorf-
» que la réfurrection éveillera ces val-
» lées, & que le jugement du monde
» aura levé entiérement le voile qui
» couvre ce que je fais à préfent. »
Judas conduifoit lui-même les foldats.
Il connoiffoit le lieu folitaire, où, dans
le calme de la nuit, Jefus avoit coutume d'aller prier pour les hommes.
Il avoit donné, pour fignal à fa troupe,
de fe faifir de celui qu'il baiferoit ; mais

la nuit sembloit avoir compassion du traître, & lui cachoit encore celui à qui il se proposoit de donner son horrible baiser. Les satellites impatiens arrivèrent à l'endroit où les disciples s'étoient endormis. Alors le Rédempteur s'avança vers ces barbares, & leur dit d'un ton où respiroit toute la grandeur divine : « Qui cherchez-vous ? »... »Jésus le Nazaréen ; » s'écrièrent-ils en fureur, & en secouant leurs flambeaux. Le reste des disciples étoit accouru. Les anges, qui s'étoient enfuis, étoient revenus pour être spectateurs de ce qui alloit se passer. Le Messie, avec la même tranquillité dont il auroit dit à un insecte de mourir, ou à la mer en courroux de se calmer, leur répondit : « C'est moi. » Ces mots firent sur eux l'effet de la foudre. Ils tombèrent tous à la renverse ; & Judas tomba avec eux, en s'agitant sur la terre, comme un guerrier, qui, atteint d'un coup mortel, & rendu furieux par sa blessure, se débat, & se roule parmi les cadavres dont le champ de bataille est couvert. Enfin, revenu de son saisissement, le traître se relève. Le moment le plus terrible de sa vie étoit

arrivé. Il alloit faire fon dernier pas
vers fa reprobation éternelle, & l'ange
de la mort avoit fecoué fes aîles téné-
breufes fur lui. La rage dans le cœur,
& le fentiment de l'amitié fur le front,
il s'avance vers le Meffie, & le baife...
Le crime eft confommé ! Le plus noir
des forfaits retourne, comme une ombre, fe replonger dans les enfers !
L'Homme-Dieu fixa le perfide avec des
yeux où fe peignoit encore la compaffion.

» Quoi ! Judas, lui dit le meilleur des
» hommes, quoi ! tu trahis ton maître
» par un baifer? Ah ! mon ami, il vau-
» droit bien mieux que tu ne fuffes pas
» né. » Il dit, & préfenta fes mains aux
foldats, pour être chargées de liens.
Ce fpectacle ranime le courage de
Pierre. Il fe fait jour à travers les difciples, & bleffe le premier fatellite qui
fe préfente fous fes coups. L'ami des
hommes guérit la bleffure, &, fe tournant vers Pierre, il lui dit: « Calme-toi,
» mon cher difciple. Si j'avois befoin
» de fecours, j'en demanderois à mon
» Pere ; & les légions céleftes vole-
» roient à ma défenfe. Mais, comment
» alors s'accompliroient les promeffes

»des prophetes ? » Il dit ensuite à ceux qui le lioient : «Vous êtes venus en »armes pour vous saisir de moi comme »d'un meurtrier, comme d'un de ces »hommes atroces qui, destinés par »leur perversité aux supplices les plus »cruels, se distinguent du reste des »coupables par les plus affreux des »forfaits. J'ai toujours été parmi vous »dans le temple, je vous ai montré le »chemin de la vie & de la mort, & »vous m'avez laissé vous instruire tran- »quillement ; mais l'heure est venue »où vous devez achever l'ouvrage des »ténébres. » . . . Il se tut, & marcha vers le torrent de Cédron.

Cependant les prêtres & les anciens, flottant entre l'espérance & la crainte, étoient assemblés dans le palais. Leurs inquiétudes, & tout ce qu'ils disoient, n'échappoient point à une multitude avide & curieuse qui inondoit l'escalier de marbre qui conduisoit à la salle du conseil. Ce peuple étonné & le regard fixe, laissoit échapper sur le Prophete, tantôt des louanges équivoques, tantôt des malédictions mal articulées. Rempli de ce grand objet, il ne faisoit pas la moindre attention à

A v

la pompe & à la magnificence du lieu
où il étoit, & à tous ces luſtres d'or,
qui, des colomnes où ils étoient attachés, répandoient la lumiere de toutes parts. Les prêtres impatiens ſe de-
mandoient les uns aux autres : «Pour-
» quoi les meſſagers que nous avons
» envoyés ne reviennent-ils donc pas?
» Où peuvent-ils être ? Auroient-ils
» manqué le chemin que Judas & ſa
» troupe ont pris ? Mais ce Judas,
» aſſez lâche pour trahir ſon maître,
» ne nous trahiroit-il pas auſſi ? Ah!
» peut-être le Nazaréen aura-t-il étonné
» nos ſoldats, comme il a fait ſi ſou-
» vent la populace, par quelque nou-
» veau preſtige. »

Tandis qu'ils s'entretenoient ainſi,
arrive un courier, les cheveux épars,
le viſage pâle, & couvert d'une ſueur
froide, qui dit en tremblant, & en
s'agitant avec tous les ſignes de la
terreur & de l'effroi:

» Grand prêtre... nous y ſommes
» allés... nous l'avons enfin trouvé au
» delà du torrent... il étoit parmi les
» tombeaux... quoique ces tombeaux
» fuſſent couverts de la nuit la plus
» affreuſe que jamais aucun homme ait

»vue; nous y sommes entrés intré-
»pidement. Je me suis tenu à l'écart,
»mais dans un endroit d'où je pouvois
»voir le Prophete … un frisson épou-
»vantable, dont je ne peux vous ex-
»primer l'horreur, s'est emparé de tous
»mes membres. Quoique les soldats
»fussent auprès de lui, ils ne l'ont pas
»reconnu, & se sont jettés sur des
»hommes qui l'environnoient. Alors
»il leur a demandé, d'une voix redou-
»table : Qui cherchez-vous ? … Sans
»se troubler, les soldats en fureur, lui
»ont répondu : Jesus le Nazaréen.… A
»ces mots, ils sont tous tombés le
»visage sur la terre, & sont restés éten-
»dus à ses pieds. Il me semble encore
»entendre cette voix puissante & for-
»midable, & j'en fremis. Moi seul, je
»me suis échappé du danger, & suis
»venu vous informer du sort des hom-
»mes que vous avez envoyés. »

A ce recit, les prêtres, saisis d'épouvante, resterent immobiles comme des
rochers. Philon seul, inaccessible à la
crainte, dit au messager avec fureur :
»Ou tu es un sectateur de cet impie,
»ou tes yeux ont été trompés par les
»ténèbres de la nuit. Le voisinage des

» tombeaux a porté le trouble dans ton
» imagination, & tu as cru voir l'image
» de la mort dans tous les objets qui
» ont frappé ta vue. Tu as vu, dis-tu,
» les hommes que nous avons envoyés,
» étendus morts à ses pieds ? Va, ils
» vivent ; des hommes comme eux ne
» se laissent pas renverser par des paro-
» les. »

Il parloit encore, lorsqu'un autre
messager entra dans la salle. « Que nous
» avons souffert, s'écria-t-il ? Nous som-
» mes tous tombés à terre devant lui.
» Son regard étoit terrible, & la mort
» sembloit sortir de sa bouche. Cepen-
» dant nous vous l'amenions : lui-même
» a tendu les mains aux liens dont nous
» l'avons chargé. Nos soldats le con-
» duisent, en tremblant qu'il ne leur
» fasse encore entendre cette voix qui
» les a renversés de terreur. Il s'avance
» au milieu d'eux, avec une douceur
» & une tranquillité inaltérable : il est
» déja dans les rues de Jérusalem. »

Un troisieme messager arriva en
criant : « Que Dieu récompense le zèle
» de nos prêtres ! Que tous ceux qui
» leur résisteront, que tous les ennemis
» du Seigneur périssent comme périra

»le Galiléen ! Nous l'avons couvert
»de liens, qu'il n'est pas capable de
»rompre. Tous les siens l'ont aban-
»donnés. Il est aux portes du palais.
»Que ses crimes soient lavés dans son
»sang ! »

A ces mots, Satan, qui étoit resté
dans l'assemblée, répandit dans le cœur
des prêtres toutes les joies & toute la
méchanceté des enfers. Il leur montroit
déja leur victime couverte de blessures & pâlissant à l'aspect de la mort.
Il faisoit retentir délicieusement à leurs
oreilles sanguinaires le cri de ses douleurs, & les accens plaintifs de ses gémissemens. « Bientôt, disoient-ils en
»eux-mêmes, nous n'entendrons plus
»sa voix impie, & nous foulerons sa
»cendre sous nos pieds. » Ils resterent
long-tems dans ces noires pensées. Le
Prophete n'arrivoit pas. Dans leur fureur & leur impatience ils envoyérent
une seconde fois des messagers, pour
en sçavoir des nouvelles, & Philon se
mit à leur tête. Les satellites qui conduisoient le Messie, l'avoient fait entrer chez le grand-prêtre Anne, qui
s'étoit levé de son lit, pour voir passer
l'homme qui causoit tant de troubles

dans Juda... Jean, le cœur plein d'a-
mertume & d'inquiétude, le suivoit
triftement de loin, Mais, comme il vit
qu'il entroit chez Anne qu'il fçavoit
n'être pas cruel comme Caïphe, il ren-
ferma un moment fa douleur, entra
dans la fale d'audience, & vit le Meffie
comme il étoit devant Anne qui lui
dit :

« Tu vas paroître devant Caïphe,
» qui te jugera. Si tu es auffi innocent,
» en effet, que les prodiges qu'on t'at-
» tribue font devenus publics, non-
» feulement tous les peuples de la terre
» t'admireront, mais le Dieu d'Abraham
» & de fa poftérité te protégera. Inftruis-
» moi toi-même de ta doctrine. Qui
» font tes difciples ? As-tu enfeigné la
» loi de Moïfe ? La pratiquois-tu ? Tes
» difciples la pratiquoient-ils ? »

Ainfi Anne parla à Jefus dont il
admiroit intérieurement le maintien
augufte, & l'air de modeftie & de
grandeur, également éloigné de la
crainte & de l'oftentation. L'Homme-
Dieu daigna lui répondre en ces termes : « J'ai enfeigné dans le temple,
» j'ai parlé librement devant le peuple
» & les docteurs, & vous me deman-

»dez ce que j'ai enseigné? Demandez»
»le à ceux qui m'ont écouté. »

Il parloit encore lorſque Philon entra.
On ſe leva précipitamment dès qu'on
le vit paroître. Sa fureur & ſon audace
ſembloient ſe communiquer aux ames
les plus abjectes. Un valet eut, dans
ce moment, l'impudence de faire un
affront ſi ſanglant au Meſſie, qu'on dut
bien preſſentir de-là les cruautés qu'on
projettoit d'exercer ſur lui. Philon ordonna qu'on s'en ſaiſît, & qu'on le
traînât au tribunal où il devoit recevoir ſon arrêt de mort. Il fut obéï. A
peine Jean eût vu ſon maître au pouvoir de Philon, qu'un ſaiſiſſement uni-
verſel s'empara de lui ; & il reſta quelque tems ſans connoiſſance. Cependant
il ſortit du palais, en ſe ſoutenant à
peine, & vit de loin la clarté des flambeaux que le vent agitoit. « Je ne te
»ſuis pas, dit-il, ô le meilleur de tous
»les hommes ! Non, je ne te ſuis pas ;
»je vais pleurer ſur ton ſort déplorable.
»Mais ſi les décrets de ton Pere ordon-
»nent que tu meures, permets que je
»meure avec toi, & que mon ame,
»qui t'eſt ſi tendrement unie, ne ſoit
»pas ſéparée de la tienne. Fais ſeu-

» lement que mes yeux ne voient pas
» les tiens se fermer, & que tes derniers
» soupirs ne se fassent pas entendre à mes
» oreilles. Quoi ! la terre & les cieux
» l'abandonnent à ses bourreaux ? Quoi !
» vous aussi, qui chantâtes des hymnes
» à son honneur, quand sa Mere le mit
» au monde, vous le laissez sans secours ?
» Mere infortunée, aurois-tu pensé
» alors qu'il étoit destiné à périr d'une
» mort aussi épouvantable ?... O toi !
» le seul appui des malheureux, le
» véritable pere & le protecteur des
» vivans & des morts, ayes compas-
» sion de ma douleur, & sauve du tré-
» pas le plus parfait des enfans d'A-
» dam. Fais descendre l'humanité dans
» le cœur de ses meurtriers ; amollis
» leurs ames farouches... Mais je ne le
» vois plus ! L'éclat des flambeaux dis
» paroît à mes yeux. Ah ! sans doute,
» on le juge. Puissent ses persécuteurs
» cruels frémir à l'aspect de la vertu
» souffrante ! Puisse l'idée du jugement
» dernier se présenter à leur esprit ! Mais
» qui vois-je marcher là-bas dans les
» ténébres ? N'est-ce pas Pierre ? Sçau-
» roit-il déja qu'ils l'ont condamné à la
» mort ? Avec quelle rapidité il court!

» Il s'arrête à présent ! Qui ai-je vu ? Je
» n'entends plus personne ! Quel dé-
» sert ! Quel silence régne dans cette nuit
» affreuse ! Mais quel bruit se fait en-
» tendre ? Quelle est cette multitude
» que je vois s'agiter ? Elle se hâte, sans
» doute, de le traîner à la mort, à la
» faveur des ombres de la nuit, pour
» que le peuple ne le sauve pas, afin
» qu'il n'y ait que les anges qui voient
» les pierres ou le glaive dégouttant de
» son sang. Miséricorde, ô mon Dieu !
» miséricorde ! Ne souffrez pas qu'il
» meure, ô mon Pere ! »

En parlant ainsi à mots entrecoupés,
il s'avança d'un pied chancelant vers
le palais du grand-prêtre, & s'arrêta
au milieu des ténébres.

Cependant Philon, ayant devancé
les soldats qui conduisoient Jesus, se fit
jour à travers la multitude, & arriva
à l'assemblée. A son air triomphant, à
la joie qui brilloit dans ses regards,
on devina aisément qu'il étoit maître
de celui qui ressuscitoit les morts, &
qu'il alloit paroître. Les prêtres n'a-
voient pas encore eu le tems de s'en
applaudir avec lui, lorsque l'Homme-
Dieu entra. Dans l'excès de leur raviß-

sement ils en croyoient à peine leurs
yeux. Pour lui, ayant déposé toute
espece de grandeur, même celle qui
distingue le sage mortel, il monta les
degrés & se présenta devant le tribu-
bunal. Son maintien étoit si tranquille,
qu'on auroit dit, à le voir, qu'il s'amu-
soit à considérer la chute des eaux d'une
fontaine, ou que, fatigué par des réflexions profondes, il s'en délassoit en
s'occupant de pensées agréables. Il n'a-
voit conservé de la Divinité qu'une
empreinte légere, mais telle cependant qu'aucun ange n'oseroit aspirer à
s'en voir revêtu. Les anges seuls aussi
pouvoient distinguer ces traits augus-
tes, & en démêler les différentes ex-
pressions. Caïphe & Philon fixoient
leurs regards furieux sur la terre. L'un
par sa qualité de grand-prêtre, & l'autre par la fougue de son zéle, avoient
droit de parler les premiers : cependant ils gardoient encore le silence
l'un & l'autre.

Sous cette aîle du palais, une galerie
circulaire, éclairée par la foible lueur
de quelques lampes, étoit pratiquée
dans la salle d'audience. La jeune &
belle Porcie, épouse de Pilate, s'y

étoit rendue avec d'autres femmes, &,
appuyée fur la baluftrade de marbre,
regardoit ce qui fe paffoit dans l'affemblée. Cette généreufe Romaine, quoique dans la fleur des ans, femblable à la
mere des Gracques, montroit déja un
courage capable de rappeller à la vertu
fes concitoyens dégénérés. Mais il avoit
été réfolu dans les décrets de la Providence, que Rome feroit détruite, &
n'auroit point de fauveur. Entraînée
par la curiofité de voir ce Prophete,
dont elle avoit fi fouvent entendu parler, Porcie étoit accourue à la hâte,
accompagnée de quelques efclaves.
Elle avoit oublié, dans ce moment, &
la dignité de fon rang, & la pompe
dont elle marchoit toûjours accompagnée. La Providence elle-même la
conduifoit. Elle vit enfin cet homme
qui reffufcitoit les morts, & qui, avec
une fermeté inébranlable & un fang
froid inaltérable, foutenoit, quoiqu'inconnu & fans être foutenu des applau-
diffemens de ce peuple méprifable,
tous les efforts de la haine & de la
fureur du grand-prêtre. Elle voyoit,
avec un fentiment d'admiration, ce
grand homme intrépide & tranquille

au milieu de ſes perſécuteurs, & devant le glaive tiré pour lui donner la
mort. Mais Philon ne le vit pas ſous le
même aſpect.

» Amenez-le vers moi, s'écria l'hypo-
» crite, & reſſerrez plus fortement ſes
» liens. Mais avant de lui prononcer
» ſon arrêt, imitez-moi, & levons nos
» mains ſaintes vers le ciel, pour le re-
» mercier d'avoir enfin livré ce fourbe
» à notre juſtice. Continue, Dieu puiſ-
» ſant, d'écouter les prieres de ceux
» qui te ſont reſtés fideles ! Périſſent à
» jamais ceux qui oſeront ſe révolter
» contre toi ! Que perſonne ne con-
» noiſſe le lieu où ils ſont nés ; que
» perſonne ne ſe ſouvienne qu'ils ont
» exiſté. Que leur nom ne ſoit plus
» connu que dans ces lieux d'horreur &
» d'infamie, où repoſent les os des
» ſcélérats dévoués au dernier ſupplice.
» Rendons graces à l'Eternel ; faiſons
» retentir ſon temple de nos remer-
» cimens & de nos cris de joie. Que
» tout Iſraël chante des cantiques de ju-
» bilation ! ... Vil ſéducteur, ton ſang
» ſera verſé. Jéruſalem a trop long-
» tems fermé les yeux & les oreilles.
» Tes crimes ont comblé la meſure,

»& ont laffé notre patience. Enfin,
»te voilà, te voilà dans les fers, toi
» qui te vantois d'être avant Abraham.
»Les Juifs indignés, ont enfin fe-
»coué le joug honteux que tu leur
»impofois : ils ont brifé les liens
»de l'erreur dont tu enchaînois leurs
»mains libres & généreufes ; ils vont
»les armer de pierres faintes, & lapide-
»ront l'impofteur qui a ofé blafphé-
»mer contre Dieu. Ils fe font laiffé
»tromper trop long-tems : leurs yeux
»fafcinés s'ouvrent à la lumiere ; &
»le terme de tes menfonges & de tes
»fourberies eft arrivé. Quelle que foit
»la multitude du peuple qui eft ici,
»il n'y en a pas un qui ne t'accufe, &
»qui ne dépofe contre toi, fi on l'ap-
»pelle en témoignage ; c'eft ce qu'or-
»donnera bientôt le grand-prêtre. En
»attendant, moi, je t'accufe ; je prends
»à témoin toute la Judée, & le ciel
»& la terre pour juges. Tu es un fé-
»ditieux ; tu as ofé t'ériger en Dieu,
»toi qui es né & qui as pleuré dans une
»étable : tu as tiré de leur léthargie des
»malades affoupis, & tu t'es vanté
»d'avoir reffufcité des morts. Des me-
»res, dit-on, des fœurs avoient elles-

» mêmes recueilli les derniers soupirs
» de leurs fils & de leurs freres. Si ces
» miracles sont vrais, tu seras bientôt
» dans le cas de les opérer sur toi-
» même ; tu n'auras qu'à te ressusciter
» aussi. Mais ce ne seront ni des meres
» ni des sœurs, ce seront des hommes
» qui te verront dans les bras de la
» mort. Elle ne sera pas un sommeil
» leger ; & tu resteras étendu parmi les
» cadavres corrompus de tous ces bri-
» gands que la justice a proscrits, &
» qu'elle prive de la sépulture. »…. Philon, en prononçant ces mots avec fureur, sentit tout-à-coup ses levres se
roidir : la parole expira dans sa bouche,
& la pâleur de la mort se répandit sur
son visage. En vain sa conscience lui
reprochoit intérieurement les imprécations & les blasphêmes qu'il vomis-
soit. Il bravoit & sa conscience & même
le Tout-puissant. Mais, dans ce moment,
un ange de la mort se présenta devant
le scélérat, & lui dit, en jettant sur lui
un regard exterminateur :

» Homme détestable, les malédic-
» tions que tu viens de prononcer re-
» tomberont sur toi-même. J'éleve mes
» yeux & mon glaive flamboyant vers

» telui qui récompenfe & punit, & je te
» jure la mort de fa part. Dieu tout-puif-
» fant, daigne dès-à-préfent frapper
» cet hypocrite. Non, laiffons avancer
» l'heure obfcure & fanglante, l'heure
» de la mort qui hâte fon pas rapide ;
» bientôt elle arrivera. Je t'annonce,
» perfide, la mort la plus terrible, la
» mort la plus affreufe qu'ait jamais fu-
» bie un mortel, une mort fans miféri-
» corde, fans aucune grace de la part
» de celui qui créa l'univers & qui le
» juge. Lorfqu'elle t'environnera de fes
» ombres, qu'elle s'avancera à travers
» les ténébres ; qu'elle fera entendre
» à tes oreilles épouvantées des hur-
» lemens funeftes, qu'elle aura frappé
» fon coup redoutable, & que ton
» ame s'enfuira en râlant ; alors tu me
» trouveras dans la vallée de Benhinon.
» C'eft-là où je t'attends. » C'eft ainfi
que lui parla l'ange de la mort, le front
couvert des nuages de la colere. La
vengeance couloit de fes yeux étin-
celans comme un torrent impétueux.
cheveux, noirs comme les ombres
la nuit, tomboient en boucles fur
épaules ; il ne le frappa pas encore ;
il fit bruire au-deffus de fa tête

les fons de l'épouvante, & le ton de
la mort. Philon fentit la terreur de l'Immortel, comme les hommes fentent ce
qui vient des immortels. Il fuccomba.
Un friffon plein d'horreur, émané de
Dieu même, fe répandit rapidement
dans tous fes membres. Malgré fon accablement, ce qu'il s'efforçoit de dire
étoit des imprécations contre lui-même:
il maudiffoit fa propre foibleffe. Enfin
il reprit fes fens; mais l'effroi de Dieu
le faifoit encore trembler jufques dans
la moëlle de fes os. Semblable à un
ver qui fe replie & s'agite fous le pied
du voyageur, il fe releva d'un air égaré,
& dit : « L'indignation que me caufe
» la vue de cet impofteur m'a coupé
» la parole, & m'a fait, malgré moi
» paffer fous filence tous fes crimes;
» mais ils vont bientôt être connus
» C'eft à toi, Caïphe, d'accélérer le
» moment, & de prononcer fon arrêt.»
Il dit, & refta immobile, fans pouvoir
même s'exciter à la colère.

Un profond filence régna dans toute
l'affemblée.

Porcie examinoit Jefus, & fut frappée du maintien qu'il avoit gardé pendant tout le difcours de fon mortel ennemi.

ꝑemi. La joie brilloit dans ſes yeux ;
ſon cœur palpitoit violemment, & les
penſées les plus élevées éclairoient ſon
eſprit. Il lui ſembloit qu'elle n'étoit plus
la même ; elle ſe trouvoit embraſée
de ſentimens ſublimes, qui lui étoient
inconnus. Ses regards ardens cherchoient de tous côtés, ſi, dans cette
foule d'hommes, elle ne trouveroit pas
quelqu'ame noble qui, comme elle,
admirât le Prophete ; mais elle en chercha envain parmi ce peuple que ſon
Dieu avoit rejetté, & qui alloit bientôt périr ſous les ruines de ſon temple
profané où l'Eternel n'habitoit plus.
Elle ne remarqua qu'un ſeul homme
qui s'étoit arrêté dans le veſtibule, &
ſy chauffoit avec les ſoldats. On le regardoit avec mépris, & on diſputoit
contre lui avec dureté ; mais il ſembloit répondre & ſe défendre avec courage. Mais bientôt ſon ardeur parut ſe
ralentir : il devint pâle & timide ; il
regarda avec inquiétude autour de lui,
& jetta les yeux ſur le Prophete. « Ah !
» cet homme, dit Porcie en elle-même,
» cet homme eſt ſon ami : il cherche
» à le ſauver, & veut faire entendre à

» ce peuple combien fa vie a été fainte;
» combien il étoit humain, modeſte &
» bienfaiſant. Mais ils ne le compren-
» nent pas, & le menacent de le con-
» duire lui-même devant ces lâches ty-
» rans aſſemblés pour juger. C'eſt cette
» menace, fans doute, qui l'a effrayé;
» il a reculé à l'aſpect de la mort que
» ces barbares lui préſentoient. Hélas!
» peut-être eſt-il envoyé ici par la mere
» de cet infortuné qu'on perſécute;
» peut-être s'étoit-elle jettée à ſes pieds
» pour le conjurer de voler au ſecours
» du meilleur des fils, & le ſauver des
» horreurs du trépas. De quelle dou-
» leur la mere reſpectable de ce ſage
» ſera-t-elle ſaiſie, quand elle appren-
» dra les traitemens cruels qu'il vient
» d'eſſuyer de la part de ce furieux
» Phariſien? Mais quel inſtinct involon-
» taire me rend, malgré moi, fi ſenſible
» pour cette mere inconnue? Eſt-ce un
» hommage que je lui rends, pour avoir
» mis au monde, & donné à la terre
» le plus grand de tous les humains?
» O mere trop heureuſe! mere trop
» glorieuſe, d'avoir donné le jour à un
» tel fils! puiſſent tes jours couler!...

» Ah ! que tes yeux ne le voient pas
» mourir, quoique sa mort doive inf-
» truire la terre ! »

Le grand-prêtre alors monta sur son
tribunal, & dit : « Quoique tout Juda
» connoisse les forfaits de l'homme que
» nous allons juger, & qu'une grande
» partie de la terre n'ignore pas qu'il
» s'est soulevé contre Dieu, contre le
» Dieu vengeur adoré sur Moria, con-
» tre les prêtres du Très-Saint, & con-
» tre César lui-même ; quoique toute
» la Judée indignée le livre à l'ana-
» thême, & que Caïphe ne soit pas le
» seul qui demande sa mort : cependant
» nous voulons observer les loix à son
» égard, entendre sa défense, & ne
» le juger que sur les dépositions des
» témoins. Tout le peuple, à la vérité,
» n'est pas assemblé : la plûpart de ceux
» qui pourroient déposer contre lui,
» sont à présent dans les bras du som-
» meil ; (bientôt, peuples heureux,
» vous vous éveillerez pour assister à des
» fêtes moins profanes que celles que ce
» séditieux a célébrées avec vous ;) mais
» quelque petit que soit le nombre de
» ceux qui sont ici, nous ne manque-
» rons pas de témoins. Que celui qui

B ij

» aime le bien , la vérité & la patrie
» s'avance. »

Ainfi parla Caïphe. Auffi-tôt d
hommes inftruits & payés s'avance
rent vers le tribunal pour dépofer. P
lon lui-même avoit pris foin de for
mer ces ames mercénaires à la calom
nie & à la méchanceté. Un de ces v
humains fe préfenta d'un air farouche
& s'écria en fureur :

» Perfonne n'ignore qu'il a prof
» le temple ; mais il ne l'a jamai
» fouillé d'une maniere auffi révoltant
» que le jour qu'il en chaffa infole
» ment tous les marchands qui s'
» étoient raffemblés pour vendre d
» victimes à ceux qui venoient prier
» Puifqu'il s'eft rendu coupable de c
» facrilége , & qu'il a ofé chaffer d
» temple ceux qui y apportoient d
» offrandes , il eft néceffairement l'en-
» nemi du Dieu à qui elles étoient
» deftinées. »

Après lui , il s'en préfenta un autre
qui donna au zèle divin de Jefus
une interprétation auffi perverfe & auffi
pleine de démence, « Après avoir chaffé
» les marchands du temple, dit-il, fon
» projet étoit de s'en rendre maître, &

de-là fe jetter fur Jérufalem. Mais
les factieux, qui l'avoient proclamé
roi dans le défert, l'abandonnerent
en cette occafion : il fut obligé de
s'enfuir. »

Enfuite un Lévite fe leva, & affec-
t un air de mépris, il parla en ces
es : « Lorfque.cet infenfé prétend
avoir le droit d'effacer les péchés des
hommes, n'eft-ce pas le blafphême
le plus inouï qu'il puiffe proférer contre la Divinité ? lui, qui permet le
travail pendant les jours du fabbat :
lui, ce tranfgreffeur de la loi, il ofe fe
vanter qu'il peut remettre les péchés ?
Un quatrieme prit la parole, & dit
un ton plein d'amertume & d'ironie :
Vous voulez, peres de Jérufalem,
que je dépofe contre lui ? Mais avez-
vous befoin de témoignage contre un
vifionnaire, dont toutes les entrepri-
fes font autant d'actes de démence
& de fureur ? N'a-t-il pas dit publi-
quement au peuple étonné qu'il raf-
fembloit autour de lui : Détruifez le
temple, & dans trois jours il en for-
tira un nouveau du fein de la pouffiere : c'eft moi qui le bâtirai. ... Voilà
jufqu'où il a porté l'audace. »

Un vieillard, fans refpect pour fo
âge qu'il deshonoroit par le menfong
& la lâcheté, fe leva, & dit : «C'e
» dans le commerce criminel des P
» blicains, au nombre defquels j'ai
» le malheur d'être moi-même, qu
» ce fourbe a puifé cette fageffe im
» pie, qui lui fait méprifer la loi d
» Moyfe, & profaner les jours facr'
» du fabbat, par la prétendue guérif
» des malades. »

Ainfi parla la calomnie. Toute l'affe
hléo porta auffi-tôt fes regards meu
triers fur Jefus, pour voir comment
fe défendroit. Ainfi la troupe déteft
des efprits forts, fe tient autour d'
Chrétien mourant, & attend, avec un
joie incertaine & maligne qu'elle r'
prime avec peine, que l'efpoir & lefe
timent généreux d'une vie immortel
s'évanouiffe comme le fouffle de fa vie
mais le fage perfifte dans fa foi coura
geufe ; il prie & pour eux & pour lui
il expire en fouriant, & fon ame fran
chiffant les tombeaux, vole dans lefei
de fon Créateur. Ainfi le peuple fixe
Jefus, & attendoit fa réponfe ; mai
l'Homme-Dieu garda le filence....La
fureur s'empara de Caïphe qui s'écria:

»N'as-tu rien, impofteur, à répondre aux accufations qu'on vient de
former contre toi ? Parle. » Mais
omme - Dieu gardoit toujours le
ence. La fureur du grand-prêtre
menta.

»Parle, dit-il, je te l'ordonne, au
nom du Dieu vivant. Réponds. Es-tu
le Chrift ? le Chrift, Fils de l'Eternel ? » Il dit, & refta debout, le regard étincellant de rage. Satan auffi
ardoit le Meffie : Obaddon, l'ange
de la mort, l'ange de Philon, contemploit d'un œil enflammé tous ces pécheurs raffemblés.

» S'il daigne répondre à ces vils
»meurtriers, difoit-il, ce fera par un
»refte de miféricorde. Déja le dernier
»des jours, le jour de la vengeance,
»armé de toutes les terreurs que Dieu
»a envoyées, s'avance vers nous, dans
»tout l'appareil formidable de fon ju-
»gement. Jour obfcur & deftructeur :
»ô toi, jour terrible ! mais le plus
»beau des jours de l'éternité, je te fa-
»lué dans ta beauté redoutable. Jour
»de la rétribution, jour où le Juge
»fuprême pefera les actions des hom-
»mes dans la balance, & rendra à

» chacun fuivant ce qu'il aura mérité
» Alors les fpheres s'affembleront,
» accompagneront de leur harmonie
» fon argentin de la balance. Je te falue
» ô jour ! jour tonnant, jour effroya
» ble, qui enfevelira dans les gouffr
» de l'abyfme & ce vil pécheur, ce
» infecte forti d'hier de la pouffiere
» qui ofe fe foulever contre l'Eternel,
» & cet efprit de ténébres, ce détefta
» ble Satan qui, né dans les plaines d
» ciel, entaffe, depuis la création, ré-
» volte fur révolte. Je me couvre de
» mes aîles, & je me tais ; mais mo
» filence eft l'avant-coureur de la ven
» geance & de la mort. »

Ainfi penfoit le féraphin, en obfer-
vant le prêtre qui attendoit impatiem-
ment la réponfe du Meffie, & qui la
condamnoit déja d'avance. Mais l'Homme-Dieu éleva fes regards vers le ciel.
Les anges admirerent le calme fous
lequel il cachoit la divinité & cette
toute-puiffance qui tira l'univers du
néant. C'eft avec la même tranquillité
qu'il différe encore aujourd'hui fon
grand jugement, qui devient plus terrible par les délais & par la patience
avec laquelle il fouffre, depuis tant de

ſiécles, le débordement des crimes de la terre. Il fixa le grand-prêtre dans ce moment, & lui dit : « Vous l'avez » dit ; je le ſuis. Apprenez que j'ac- » complis maintenant des ouvrages qui » ſont le commencement du jugement » du monde. Cet homme formé du li- » mon de la terre, cet homme qu'une » mere mortelle a conçu : vous le ver- » rez aſſis à la droite du Tout-puiſſant, » vous le verrez deſcendre ſur les nuées » du ciel. »

C'eſt ainſi que celui qui viendra avec le dernier jour, ſous un aſpect plus terrible que les anges de la mort ne peuvent l'exprimer ſur leurs harpes bruyantes ; c'eſt ainſi qu'il ouvrit pour un moment le vaſte champ de l'avenir, & qu'auſſi-tôt il ferma ce théatre ef- frayant à l'œil étonné. Incapable de mettre des bornes à la fureur qui l'en- traînoit, l'audacieux Caïphe s'avança d'un air enflammé. La mort étoit em- preinte ſur ſon front menaçant ; il trembloit de rage : il déchira ſes vête- mens ; &, le regard fixe & étincellant, il cria à la multitude qui gardoit le ſilence :

» Il a blaſphémé contre Dieu. Qu'a-

» vons-nous encore befoin de témoins?
» Vous l'avez entendu : parlez ; que
» penfez-vous ? Il a blafphemé. »

» Qu'il meure, s'ecrierent-ils. »

» Oui, qu'il meure, ajoûta Philon
» avec emportement! qu'il meure ! qu'i
» meuré de la mort des fcélérats ! Qu'il
» expire fur la croix, qu'il y éprouve
» toutes les horreurs d'un trépas lent,
» occafionné par les bleffures du fer
» qui l'y tiendra fufpendu ! Que fon
» cadavre y pourriffe, & ne trouve
» point d'autre tombeau ! Qu'aucune
» terre ne le couvre, & ne produife de
» la verdure au-deffus de lui ! Offe-
» mens de l'impie, defféchez-vous à
» l'ardeur du foleil ; & puiffiez-vous, au
» jour où la voix de Dieu appellera le
» genre humain à fon tribunal, ne pas
» entendre le Seigneur ! »

Ainfi parla cet homme qui s'avançoit
à grands pas vers la mort éternelle. Sa
fureur fe communiqua à la populace
qui, dans l'inftant, fe jetta fur l'Homme-
Dieu..... « O Mufe de Sion, prête-
» moi le voile dont tu te couvres, quand
» tu pries devant l'Eternel, afin que je
» couvre mes yeux comme firent les
» habitans du ciel. » Gabriel & Eloa fe

regarderent douloureuſement, & dirent :

» Qu'ils ſont profonds, ô Gabriel !
» les décrets de la Divinité ! Que ſes
» myſtéres ſont impénétrables à tous
» les êtres créés ! J'ai vu naître tous les
» aſtres : j'ai vu toutes les merveilles
» arrivées depuis ma création ; mais je
» n'en ai point vu qui cachât la même
» profondeur, que l'humiliation du Fils
» de l'Eternel ! lui que Jéhova vient de
» juger du haut du Tabor ! lui qui a ſou-
» tenu ce jugement avec toute la conſ-
» tance d'un Dieu ! lui qui, d'un ſeul de
» ſes regards, a renouvellé en moi l'éclat
» & la ſpendeur des anges ! lui !.. lui,
» ô Eloa ! devant qui tous les morts,
» ranimés par la nouvelle création, s'é-
» veilleront un jour, & déchireront,
» de tous côtés, les entrailles de la terre
» ébranlée, pour ſe préſenter devant
» le tribunal du Tout - puiſſant ! lui
» enfin, qui, accompagné de la trom-
» pette tonnante, des anges de la mort,
» & de tous les aſtres qui tomberont,
» deſcendra pour juger l'univers !

» Il appella la lumiere, & la lumiere
» parut. Tu la vis, Gabriel, tu vis
» comme elle s'élança de tous côtés à

»la voix créatrice. Il marchoit, tenant
» dans fa droite l'exiftence de millions
» d'êtres divers ; un orage, qui le de-
» vançoit, leur donnoit la vie. Alors
» les foleils roulerēt fur leur axe en-
» flammé ; alors les fpheres triomphan-
» tes fe répandirent dans l'immenfité
» de l'efpace ; alors il créa les cieux.

　» Tu le vis, Eloa, lorfqu'il planoit
» fur le voile ténébreux de la nuit. Il
» lui ordonna d'être, & de fe placer
» vis-à-vis de fes cieux. Auffi-tôt parut
» une maffe informe & morte. Cette
» maffe étoit devant lui comme un fo-
» leil brifé, ou comme les cadavres
» d'un nombre innombrable de terres
» jettées confufément les unes fur les
» autres. Il ordonna au feu de s'allu-
» lumer. Auffi-tôt la flamme nocturne
» fe précipita, comme un torrent, à tra-
» vers les champs de la mort. Alors les
» calamités exifterent ; alors les cris &
» les gémiffemens retentirent au haut
» des voûtes de l'enfer qu'il venoit de
» créer. »

　Tandis que les féraphins s'entretenoient ainfi, Porcie contemploit le
Meffie dans les fouffrances. Elle ne put
foutenir plus long-tems ce fpectacle

douloureux : elle monta fur la plate-
forme du palais , les bras croifés fur fon
fein & les yeux élevés vers le ciel que
les foibles rayons de l'aurore commen-
çoient à éclairer. Le cœur plein d'un
trouble dont elle ignoroit la caufe, elle
s'entretenoit ainfi en elle-même : « O
»toi! le premier de tous les Dieux ! toi
»qui tiras le monde du fein de la nuit,&
»qui donnas un cœur à l'homme ; quel
» que foit ton nom , grand Dieu ! Ju-
»piter, ou Jéhova, le Dieu de Romu-
»lus, ou celui d'Abraham ; toi le Pere
»& le Juge , non de quelques mor-
»tels, mais de toutes les nations de
»l'univers, oferai-je te confier mes
»pleurs & le trouble qui agite mon
»ame? Hélas ! qu'a donc commis cet
»homme doux & paifible que ces bar-
»bares veulent immoler ? Eft-ce donc
»un fpectacle agréable pour toi , ô
»Dieu ! que celui de contempler du
»haut de l'olympe la vertu gémif-
»fante ? Il peut être fait pour l'homme ;
»le fentiment de l'admiration, tout ce
»qui émeut fon ame & la fait frémir,
» eft intéreffant pour lui. Pour toi, tu
»ne peux admirer. Sans doute , le
»Dieu des Dieux eft affecté d'un fenti-

» ment plus fublime, fans quoi fon œil
» divin ne pourroit pas voir que l'in-
» nocence fouffre. Quelle récompenfe
» deftines-tu au mortel courageux, qui
» foutient là-bas l'oppreffion avec tant
» de conftance ? Je n'ai pu donner à
» fes maux que le foible tribut de la
» compaffion & des larmes. Mais toi,
» qui feul connois tout le prix de celles
» que verfe la vertu perfécutée, Dieu
» des Dieux, récompenfe-la ; &, s'il
» t'eft poffible, admire-la. »

　S'étant enfuite penchée fur la baluftrade de la plate-forme, elle entendit
au bas du palais la voix d'un homme
au défefpoir. C'étoit celle de Pierre.
Jean, qui étoit refté près de la porte,
le reconnut à fes cris & lui dit : « Ah !
» Pierre, parle ; vit-il encore ? Tu
» pleures, tu te tais ! Il n'eft plus ! » ...
» Ah ! laiffe-moi, s'écria Pierre, laiffe-
» moi aller mourir au fond des déferts.
» Je veux mourir. Il eft perdu, & je
» le fuis encore plus que lui. Judas....
» déteftable Judas, tu l'as trahi .. Plus
» déteftable que toi, je l'ai trahi auffi !
» Où me cacherai-je ? ... Hélas ! je l'ai
» renié devant tous ceux qui m'ont in-
» terrogé... Fuis, éloigne-toi, Jean,

»laisse moi mourir ignoré de toute la
»terre... Mais meurs aussi, ami pieux;
»meurs: ton Maître est condamné à la
»mort.... & moi, perfide, j'ai eu la
»lâcheté de le renier devant ce tas
»d'hommes pervers! »

Jean resta muet de surprise & de
douleur à ces discours. Pierre s'arracha
de ces lieux; mais bientôt il s'arrêta
dans l'obscurité, auprès d'une borne
que couvroit la rosée du matin. Il chancela près de la pierre, s'y appuya; &,
baissant sa tête fatiguée, il pleura long-
tems en silence. A la fin, son ame pleine
d'amertume se répandit en ces tristes
paroles entre-coupées de sanglots:
»Souvenir trop cruel, cesse de m'ef-
»frayer & de porter dans mon cœur
»le trouble & l'horreur de la mort;
»cesse de me retracer ce regard tou-
»chant de mon divin Maître, dans le
»moment où je commettois la plus
»noire & la plus horrible des lâchetés.
»Qu'ai-je fait, malheureux? Quoi! j'ai
»pu renier celui que j'ai tant aimé,
»celui à qui j'étois si cher? Ame vile,
»quoi! tu as pu méconnoître cet
»Homme divin? De quel front me pré-
»senterai-je devant lui, lorsqu'il jugera

» l'univers? Il me méconnoîtra à mon
» tour, à la face de ses disciples ver-
» tueux & des anges qui l'environ-
» neront. Ah! méconnois-moi, je le
» mérite.... Daigne avoir compassion
» de moi ; laisse-toi fléchir par ma
» douleur.... Qu'ai-je fait, ô ciel!...
» Plus je me rappelle mon crime, &
» plus j'en sens toute l'énormité... O
» mort ! délivre-moi du tourment que
» j'endure.... »

Il se tut, & pleura ; son cœur étoit
digne de tant de regrets. Orion, son
ange gardien, se tenoit près de lui : il
sentit une douce compassion & une joie
céleste, en voyant l'excès de son repentir. Pierre se releva ; & portant ses
regards vers le ciel, il s'écria : « O Juge
» redoutable, Pere de tous les humains,
» des anges, & de ton Fils, tu lis dans
» la profondeur de mon ame ; tu vois
» les remords dont elle est déchirée.
» J'ai renié ton Fils. Au nom de ce Fils
» divin, que j'ai si lâchement outragé,
» aie compassion de moi. Il doit mou-
» rir. Ah ! je suis indigne de mourir
» avec lui. Mais permets qu'avant qu'il
» penche sa tête vers le tombeau, qu'a-
» vant qu'il donne à ses disciples fideles

» ses bénédictions, ce dernier témoi-
»gnage de son amour, permets que je
» me présente encore devant lui, & que
» je lise mon pardon dans ses regards
»mourans. Trop coupable & trop ac-
» cablé par l'idée de mon crime, je lui
» demanderai grace, & je ne lui crierai
» pas : N'as-tu pas encore une bénédic-
» tion, n'a-tu qu'une seule bénédiction
»pour ces disciples fortunés ? Si je suis
» assez heureux pour obtenir mon par-
»don par mes pleurs, j'irai par toute la
» terre, & je le confesserai devant tous
» les hommes. Puissai-je, ô mon Créa-
»teur! employer à cet usage tout le tems
» que tu me destines à vivre ! Je cherche-
» rai tous les cœurs sensibles à la bonté,
» à la piété & à l'innocence, & je leur
» répéterai sans cesse avec un torrent
» de larmes : Oui, je l'ai connu, le
»plus grand & le meilleur des hu-
» mains ; j'ai connu Jesus, le Fils du
» Très-Haut, & je n'étois pas digne de
» le connoître : j'étois son disciple
» chéri ; il m'aimoit avec une ten-
»dresse.... Hélas ! je n'étois pas digne
» de lui rendre amour pour amour.Que
» ne l'ai-je aimé comme il le méritoit,
» dans ses heures d'adversité ? Tous

» les inſtans de ſa vie étoient marqués
» par des bienfaits. Il ne vivoit pas pour
» lui ; il ne vivoit que pour les autres.
» Il nourriſſoit les pauvres , il guériſ-
» ſoit les malades , & rappelloit les
» morts du tombeau. Voilà pourquoi les
» ennemis de l'humanité l'ont con-
» damné à la mort. Vous qui êtes des
» hommes, levez-vous ; ſuivez-moi :
» allons pleurer ſur ſon tombeau. Ah!
» penſée cruelle ! O Homme divin! où
» ſera-t-il ton tombeau ? où dormiras-
» tu en paix ? La rage de tes perſécu-
» teurs permettra-t-elle que tu aies un
» tombeau ? »

Ainſi s'exprimoit dans ſon déſeſpoir,
Pierre que les hommes ſe propoſent
pour modele dans le premier regret de
leurs fautes , mais qu'ils n'ont pas le
courage d'imiter juſqu'au bout. La ſin-
cérité de ſa douleur & de ſes larmes
lui mérita la couronne des martyrs.

Fin du Chant VI.

CHANT SEPTIEME.

ARGUMENT.

Le jour destiné à la mort de Jesus commence à luire. Eloa chante ce grand jour. Le Sanhédrin, par une derniere délibération, mene le Messie à Pilate. Caïphe accuse Jesus. Philon l'accuse aussi. Pilate tire Jesus à part, & l'interroge. Mort de Judas. Pilate revient avec le Messie, & dit qu'il va l'envoyer à Hérode. Arrivée de Marie. Elle voit son fils. Elle cherche & trouve Porcie. Leur entretien. Sentimens de Porcie. Elle raconte un songe qu'elle a eu. Le Messie est conduit à Hérode. Hérode lui demande un miracle. Jesus ne répond rien. Caïphe aigrit Hérode contre le Messie. Hérode, après l'avoir traité avec dérision, le renvoie à Pilate. Philon répand ses partisans parmi le peuple, pour le prévenir contre Jesus. Pilate avoit fait venir Barrabas, pour le présenter au peuple avec Jesus, & l'engager par-là à demander la délivrance du Messie. Porcie envoie une esclave à

Pilate. Il parle au peuple, qui, séduit par les artifices des prêtres & prévenu contre Jesus, demande la délivrance de Barrabas. Pilate se lave les mains & déclare solemnellement qu'il est innocent de la mort du Messie. Le peuple prend sur lui le crime de cette mort. Le Messie est flagellé. Pilate le conduit couronné d'épines, vers le peuple qu'il tâche de ramener à la justice & à la compassion. Les prêtres accusent le Messie de s'être dit Fils de Dieu. *Pilate l'interroge sur cette accusation. Réponse de Jesus. Pilate cherche encore à le délivrer; mais les prêtres l'intimident, en lui reprochant qu'il ne se montre pas, par sa conduite, ami de César. Pilate effrayé leur livre Jesus qu'ils conduisent à la mort.*

CHANT SEPTIEME.

ELOA, environné des anges de la terre, étoit debout sur le char de l'Aurore, & faisoit retentir les airs des accens de sa voix mariée aux accords de sa harpe puissante : tels seront les chants d'allégresse de la résurrection universelle.

«» Eternité, je te salue. O toi! jour
» sanglant, jour des miséricordes, hâte-
» toi de paroître, viens, accours....
» Le voilà qui s'avance, & qui étend sa
» lumiere dans les cieux. Les Orions
» le bénissent, & crient aux soleils voi-
» sins, qui le répetent aux terres voisi-
» nes : Voici le jour de la réconcilia-
» tion, ce jour sublime & précieux,
» ce jour ensanglanté que l'Eternel en-
» voie, dans l'excès de son amour. Har-
» pes immortelles, célébrez ce jour

» par vos accords divins. Il transforme
» la pouffiere en anges de lumiere, par
» une nouvelle création ; & des éter-
» nités de paix & de bonheur vont
» couler de fon fein.

» Que vois-je ! Une colline de la terre
» eft changée en autel ; l'autel tremble
» à l'approche de la victime. Quand
» l'Eternel auroit raffemblé des étoiles
» pour en conftruire l'autel de fon Fils,
» il auroit également été ébranlé à l'ar-
» rivée d'une fi grande victime.

» Je porte mes regards de tous côtés ;
» les foleils brillent d'un éclat plus ra-
» dieux, & femblent fourire à la terre ;
» les planètes qui les environnent, rou-
» lent plus rapidement dans l'étendue
» des cieux. O jour de la plus augufte
» & de la plus folemnelle des fêtes ! ô
» Sabbat du Pere & du Fils ! ta pré-
» fence eft annoncée par les chants
» d'allégreffe de toutes les harpes cé-
» leftes. Toutes les couronnes des fé-
» raphins tombent de leurs têtes ; tu es
» célébré par des fêtes dans toutes les
» parties de l'univers. Le Fils du Pere
» mourut ! ... O penfée terrible & pro-
» fonde ! Des milliers de fiecles s'écou-

» leront avant que l'œil du féraphin
» te pénetre ; l'Eternel feul te con-
» çoit. »

Ainfi chantoit Eloa, & les cieux
répétoient fes chants. Cependant, aveu-
glée par le crime, & courbée fous le
poids de fes iniquités, une troupe de
mortels fanguinaires penfoit bien diffé-
remment fur la terre. Ils refpiroient
l'efprit de Satan ; & l'Eternel les aban-
donnoit à leur égarement dont ils com-
bloient la mefure. Le grand prêtre les
affembla tous dans une fale intérieure
où ils tinrent confeil & conjurerent contre le Tout-puiffant. Depuis long-tems
ils avoient intérieurement dévoué la
victime à la mort. Ils ne délibéroient
plus que fur ce qu'on devoit à Pilate,
fur les ménagemens à garder avec le
peuple, & fur le genre du fupplice.
» C'eft à Golgotha, fur une croix, que
» ton fang doit couler. » ... Philon ne
daigne pas feulement s'informer de ce
que penfe l'affemblée : il en fort bruf-
quement, cherche le Meffie, & le
trouve au milieu des gardes, devant
un feu qui alloit s'éteindre. Il fe promene quelque tems d'un air infultant
& féroce, & fixe enfin fur Jéfus

regard menaçant où respiroit la vengeance. Mais, malgré la fureur qui l'a-
nimoit, il n'en pesoit pas moins atten-
tivement toutes les difficultés de son
entreprise, & ne laissoit rien au hazard.
L'idée du peuple l'inquiétoit ; mais il
se mit bientôt au-dessus de cette inquiétude, résolu de donner la mort, ou
de périr lui-même. Le remords quelquefois s'élevoit dans son cœur à l'aspect du crime qu'il alloit commettre ;
mais il étouffa bientôt les cris impor-
tuns de sa conscience ; & plein de ses
noires résolutions, foible projet qu'un
signe de la Providence auroit renversé,
il repassa précipitamment dans la sale
de l'assemblée : « Quoi ! vous délibé-
» rez encore, s'écria-t-il ? Ne voyez-
» vous donc pas le jour qui commence
» à paroître ? Voulez-vous donc que
» ce rebelle vive jusqu'au coucher du
» soleil ? »

Il n'en fallut pas davantage pou[r]
déterminer cette troupe sacrilége & redoutable de prêtres, de docteurs : ell[e]
se hâta de prendre le Fils de l'Eternel
& de le conduire à Pilate. Il faiso[it]
froid. Lorsque le brouillard du mati[n]
fut dissipé, & que le temple, à la fa[-]
                                    veu[r]

reur des premiers rayons du jour, se
découvrit aux yeux de. Jesus, il les
leva vers le ciel à la vue de ce tem-
'e qui ne devoit plus représenter que
pendant quelques heures , l'offrande
d'un Dieu qui alloit être réconcilié.
n preffa la marche : le peuple inftruit
ce qui s'étoit paffé pendant la nuit ,
'oit en foule de toutes parts. Quel-
es-uns avoient pris les devants ,
avoient déja annoncé à Pilate
elui qu'on lui amenoit. On arriva. Pi-
e fut furpris en voyant toute la Ju-
'e raffemblée devant lui pour la perte
un feul homme. Jefus monte les de-
s du palais , & y entre preffé de
ous côtés par fes perfécuteurs qui
trerent avec lui ; le refte de la mul-
ude fe tint devant le palais bâti fur
abbatha. C'eft-là que réfidoit le tri-
al fuprême : les ufages de la fête in-
rdifoient l'entrée du palais ordinaire.
ilate, ce Romain indigne de ce grand
m, cet homme amolli par le luxe &
volupté, qui avoit tout l'orgueil &
dureté de fon rang, fans avoir que
apparences trompeufes des vertus
'il exigeoit : Pilate s'affit fur fon tri-
nal, & parla ainfi :

Partie II.   C

» De quel crime accuſe-t-on cet
» homme ? De quel.... mais j'apper-
» çois Caïphe ! » Il prononça ces mots
avec hauteur, & reporta les yeux ſur Jeſus, ſans preſque regarder l'aſſemblée. Le
grand-prêtre fit quelques pas en avant,
& dit : « Nous nous flatons que Pi-
» late nous rend la juſtice de croire que
» nous ne citerions pas cet homme à
» ſon tribunal, s'il n'étoit pas coupa-
» ble en effet. Il l'eſt, Pilate ; & il l'eſt
» plus qu'aucun de ceux qui aient com-
» paru devant toi, depuis que tu exerces
» la ſuprême magiſtrature dans Iſraël.
» Les principaux habitans de la Judée
» n'ont vu qu'avec indignation juſqu'à
» quel point Jeſus s'eſt ſoulevé contre
» les loix de Moyſe , & contre le ſa-
» cerdoce. Il entraîne tout le peuple
» par ſes diſcours ſéducteurs , & par
» des preſtiges qui faſcinent ſes yeux. Il
» y a long-tems, ô Pilate ! qu'il a mérité
» la mort. ...

» Que ne le jugez-vous donc ſui-
» vant vos loix, interrompit Pilate ? » ...
» Tu ſçais trop , répondit Caïphe, que
» ce droit ne nous appartient plus, &
» que les Romains nous en ont privés. »
Il s'arrêta à ces mots , pour cacher le

dépit qu'il reffentoit de ce que Pilate
leur rappelloit le fouvenir de leur li-
berté ravie. Mais peu après, il reprit
la parole, & dit : «Tu as vu avec quelle
»foumiffion, quel refpect, & quelle
»fidélité nous obéiffons à Tibere, no-
»tre maître & le pere de la patrie.
»Que le ciel le comble de fes faveurs !
»Ce Jefus, que nous amenons devant
»toi, eft un féditieux qui ameute les
»peuples dans les déferts de la Judée,
»& les excite à la rebellion. Par fes
»difcours artificieux, il leur perfuade
»de fecouer le joug de la domination
»de Céfar, & de l'élire roi à fa place...
»Je fuis, leur dit-il, celui que les pro-
»phetes ont annoncé, le Sauveur de
»Juda ; &, pour en impofer davan-
»tage à ces efprits foibles, pour mieux
»les fcruter, les connoître, & s'en
»rendre maître, il les retient dans le
»défert où il les nourrit. L'entrée fo-
»lemnelle qu'il a faite dans Jérufalem
»ne prouve que trop à quel point la
»multitude lui eft dévouée. Je ne rap-
»pellerai pas la pompe odieufe, les ac-
»clamations, & toutes les profanations
»de ce jour. Tu en as été toi-même le
»témoin. Les cris du peuple, & fes

» chants d'allégreſſe ont rétenti juſqu'à
» ton palais qui en a été ébranlé. »

Pilate ſourit. Philon cacha ſon dépit,
& dit : « Si je pouvois me perſuader,
» Pilate, que tu te laiſſaſſes tromper par
» les apparences , . & que l'air ſimple &
» paiſible de ce fourbe fût capable de t'en
» impoſer, je garderois le ſilence ; mais
» tu connois trop les hommes. Ce Jeſus,
» qui te paroît ſi petit depuis que la
» juſtice s'eſt emparé de lui & l'a con-
» duit à ton tribunal chargé de chaînes,
» n'étoit pas ſi humble, ni ſi ſoumis,
» lorſqu'il parcouroit les déſerts de la
» Galilée. Connois ſes projets ambi-
» tieux. Il a commencé d'abord à s'at-
» tacher la multitude, par les artifices
» que le grand-prêtre vient de te faire
» connoître ; enſuite, pour voir juſqu'où
il pouvoit compter ſur elle, il fit
diverſes tentatives qui lui réuſſirent
toutes également. Après l'avoir ſé-
» duite par une adroite confiance, par
» toutes les ruſes de ſon éloquence, &
» par de prétendus prodiges, il l'a ame-
» née au point de vouloir le déclarer
» roi. La foule inſenſée ſe précipitoit
» déja autour de lui, & faiſoit retentir
» les airs de ſes acclamations. Il s'en

»apperçut, & se sauva pour la soule-
»ver davantage. Ce stratagême lui
»réussit. On le chercha par-tout. Le
»nombre des séditieux grossissoit tous
»les jours ; & quand il vit qu'ils étoient
»assez forts, il leva le masque, se mit
»à leur tête, & vint en triomphe à
»Jérusalem. Le peuple cependant ,
»malgré son attachement pour lui ,
»n'osa pas contraindre les principaux
»de la ville à venir au-devant de son
»roi. Si le peuple, ô Pilate ! avoit porté
»l'audace jusques-là , tous les prêtres ,
»tous les anciens, toutes ces têtes res-
»pectables, blanchies par les années ,
»que tu vois rassemblés ici, tous, tant
»que nous sommes , serviteurs du pre-
»mier des temples du monde, nous
»aurions répandu notre sang avec joie
»pour la cause de César » Ainsi parla
Philon.

L'Homme-Dieu, sans montrer la
moindre émotion, restoit plongé dans
de profondes méditations. Il pensoit à
toutes les souffrances de la rédemption
dont il étoit chargé. La plus cruelle
des morts l'appelloit à l'autel ; & il
regardoit comme les sacrificateurs, tous
ces hommes furieux dont il étoit en-

vironné. Il fit à peine attention à eux.
C'eſt ainſi que le héros chargé de venger les maux de ſa patrie, vole au combat meurtrier, ſans s'appercevoir de la
pouſſiere qui s'éleve ſous ſes pieds.
Quoique Romain, Pilate fut étonné
du ſilence du Meſſie qu'il admiroit intérieurement. « Tu entends ces accuſa-
» tions, lui dit-il, & tu te tais ?... Peut-
» être as-tu des raiſons pour ne pas te juſ-
» tifier devant l'aſſemblée ? Viens, ſuis
» moi. » L'Homme-Dieu le ſuivit.

L'inquiétude alors s'empara des prêtres : ils tremblerent & pâlirent.

Un monſtre plus déteſtable qu'eux
tous, le noir, le traître ſacrilége de ſon
Ami divin, Judas, voyant approcher
la mort que les prêtres cruels prépa-
roient au Juſte, ſe leva rapidement, &
courut vers Gabbatha. Les flots de la
multitude le jetterent long-tems en ar-
riere : il fut obligé de prendre un autre
chemin, & s'enfuit dans le temple.
Caïphe, qui craignoit un ſoulevement,
y avoit placé des prêtres. Judas le ſçavoit. Il entre ſous la nef déſerte des
voûtes du temple. En appercevant
les courtines ſuſpendues du Saint des
Saints, il pâlit & ſe détourne en trem-

blant. Il monte à l'endroit où étoient
les prêtres ; & déchiré de remords, &
bouillant de fureur : « Voilà votre ar-
»gent, leur dit-il, en le jettant à leurs
»pieds. Le sang qui va couler, est le
»sang de l'innocence : ce sang est déja
»retombé sur ma tête. » Il dit, & d'un
air égaré , il s'éloigne à la hâte de
Jérusalem & de la vue des hommes.
Il s'arrête, marche, s'arrête encore ;
puis il fuit précipitamment. Il jette autour de lui des regards épouvantés. Il
observe avec effroi, s'il n'est vu de
personne. Quand il se vit seul dans la
solitude, & que le bruit sourd de la
ville ne frappa plus son oreille, il ré-
solut de se donner la mort.

»Non , dit-il, le trépas ne peut
»rien avoir d'aussi affreux, d'aussi ter-
»rible que le tourment que j'endure !
»Tourment effroyable, exerce, oui,
»exerce ta rage sur moi aussi long-tems
»que tu pourras ! Mais lorsque mes
»yeux seront fermés, & que tout sera
»muet pour moi dans la nature, je ne
»verrai pas verser son sang, je n'en-
»tendrai pas les tristes accens de sa
»voix mourante... Mais celui qui, sur
»le mont Horeb, a dit : Tu ne tueras

» point?.. Ah! il n'eſt pas mon Dieu..
» Il n'y a plus de Dieu pour moi...
» O déſeſpoir ! c'eſt toi qui es mo.
» unique Dieu ; tu me cries de termine
» mes jours, & j'obéis. Meurs donc,
» meurs, ſcélérat.... Tu trembles
» Quel orage s'éleve dans mon cœur
» La nature ſe révolte en toi ; elle lutt
» contre ſa deſtruction. Traitre, tu veu
» vivre, tu veux vivre dans la honte
» dans l'infamie, dans l'horreur d
» remords... Tu veux vivre, le plus mé
» priſé & le plus malheureux des trai
» tres? Tu as trahi ton Maître !... Ah
» de toutes les penſées qui peuvent dé
» chirer le cœur de l'homme, en eſt-i
» une plus accablante? Elle eſt pl
» terrible mille fois que la vue du tom
» beau.... Meurs ! Que ne peux-tu
» auſſi détruire ton ame, qui malheu-
» reuſement te ſurvivra? » En diſant ces
mots, il fixa ſon regard d'une maniere
affreuſe, & mêla des imprécations contre l'Eternel aux expreſſions de ſon déſeſpoir.

Ithuriel, & Obaddon, ange de la
mort, avoient ſuivi les traces de Judas.
Quand ils le virent s'arrêter, & qu'ils
apperçurent aux traits hideux de ſon

rifage, le deffein qu'il méditoit, Ithuriel s'avança avec précipitation, & dit
à Obaddon : « Obferve le perfide ; il
»court à la mort. J'ai voulu le voir
»encore une fois : j'ai été fon ange ;
»mais je te l'abandonne, & je le livre
»à la vengeance. Oui, j'ai été fon
»ange; mais toi, ange de la mort,
»empare-toi de ta victime, je te la
»livre irrévocablement ! Saifis le traî-
»tre ; il s'offre lui-même à tes coups ;
»conduis-le à la mort, à la mort éter-
»nelle. Tu connois les ordres du Juge
»fuprême fur Ifcariot ; conduis-le toi-
»même à l'accompliffement de fon
»deftin funefte. Pour moi, je voile
»ma face, & je détourne les yeux. »
En difant ces mots, il s'enfuit rapidement.

Judas avoit déja choifi le lieu de fa
mort. Lorfqu'Obaddon vit la colline,
il monta fur le fommet, & tenant fa
droite armée du glaive flamboyant
élevée vers le ciel, il prononça les
paroles folemnelles que prononcent
les anges de la mort, lorfqu'un homme,
après avoir rempli la mefure des iniquités, y ajoûte celle de fe tuer lui-
même.

» Mort, par le nom redoutable de l'Être
» infini, defcends, ô mort! fur l'homme
» de terre. Malheureux mortel, tu te pri-
» ves toi-même de la lumiere du foleil.
» La mort & la vie étoient à ton choix;
» tu as choifi la mort. Soleil, éteins-
» toi ; viens, ange de la mort; tom-
» beau , ouvre ton gouffre affreux;
» pourriture, empare-toi de lui ; que
» fon fang retombe fur lui-même! »

Judas entendit la voix de l'Immortel. Ainfi un voyageur égaré dans une
vallée déferte couverte des ténebres
de la nuit, entend les fifflemens de
l'orage qui brife, à quelque diftance
de lui, les cédres du haut de la montagne. Dans l'excès de fa rage & de
fon défefpoir, il s'écria : « Ah ! je re-
» connois le fon terrible de cette voix;
» c'eft la voix du Meffie mourant!
» Tu me pourfuis, tu demandes mon
» fang … tu vas être fatisfait. » … En
criant ces mots épouvantables, fon regard étoit fixe & féroce… il s'étran-
gla…. Obaddon recula d'horreur à ce
fpectacle… Trois fois fon ame impie,
faifie de frayeur , & déja errante, s'é-
branla pour s'élancer de fon corps
que le froid de la mort commençoit

à glacer : à la quatrieme fois, la mort victorieuse la poussa du front du mourant. Elle s'envola. Des esprits vitaux, émanés du cadavre, la suivirent comme un nuage léger, l'environnerent, &, plus rapidement que la pensée, formerent autour d'elle un nouveau corps, qui planoit dans les airs. Par-là l'Éternel avoit comme fait survivre Judas à lui-même, pour qu'il vît plus distinctement les horreurs de l'abysme, & qu'il entendît d'une oreille plus fine le tonnerre effrayant du Juge. Mais ce corps foible & imparfait ne devoit sentir que les tourmens ; & tous ses traits caractérisoient l'ennemi du genre humain. L'ame, remise de son trouble, commença à penser. « Je sens de nou-
»veau ? Qui suis-je devenue ? Quelle
»puissance m'éleve & me fait planer
»dans les airs ? Suis-je encore captive
»sous les liens de la chair ? Ce qui
»m'environne n'est pas chair. Cepen-
»dant c'est un corps ! Je vois ! Qui
»suis-je ? Mais... le sentiment que j'é-
»prouve est terrible ! Je suis malheu-
»reux, je le sens ; je suis Judas ; je
»suis ce traître qui vient de mourir....
»Où suis-je ?... Que vois-je sur cette
C vj

» colline ? Quelle lumiere étincellante
» répand fes rayons vers moi d'une
» maniere fi redoutable ? Que mon œil
» n'eft-il refté couvert de ténebres !
» Mais cette lumiere devient toujours
» plus éclatante & plus terrible ! Fuis,
» malheureux Judas, fuis ! c'eft le Juge
» du monde. Je ne puis fuir.... Que
» vois-je ? mon abominable cadavre !...

Judas défefpéré voulut alors s'abbatre vers la terre. « Eleve-toi, lui
» cria Obaddon du haut de la colline,
» & ne t'approche pas de la terre. Je
» ne fuis point le Juge du monde ; je
» ne fuis qu'un de fes miniftres : je fuis
» Obaddon, l'ange de la mort. Ecoute
» ton jugement : c'eft le premier que
» tu vas fubir ; mais il fera fuivi d'au-
» tres plus épouvantables encore.

» Tu es condamné à la mort éter-
» nelle. Tu as trahi l'Incréé ; tu t'es
» révolté contre Jéhova, & tu t'es privé
» toi-même de la vie. Voici ce que dit
» celui qui tient la balance dans fa droite
» redoutée, & la mort dans fa gauche :
» Les tourmens qui fe raffembleront
» fur la tête du traître, ne pourront
» être mefurés par aucune mefure, ni
» comptés par aucun nombre. Com-

»mence, Obaddon, par le rendre té-
»moin de la mort du Meſſie expirant
»ſur la croix ; fais-lui voir enſuite le
»ſéjour de la félicité, & de-là con-
»duis-le dans les enfers. »

C'eſt ainſi que l'ange prononça le
jugement. L'ombre tremblante fut ſai-
ſe d'une ſombre horreur, & ſuivit de
loin le redoutable ſéraphin.

Cependant le Meſſie étoit paſſé avec
Pilate dans un appartement ſecret, &
le Romain lui demanda : « N'es-tu pas
»roi de la Judée ? . . .

» Si j'étois un roi de la terre, lui
» répondit Jeſus en le regardant d'un
» air ſérieux, mais affable, tel que, vous
» autres Romains, vous en avez vain-
» cus, j'aurois des peuples qui combat-
» troient pour moi ; je ne ſuis point
» un roi de la terre. . . .

» Mais cependant tu es roi, lui dit
» Pilate. » . . . Je le ſuis en effet, inter-
» rompit le Sauveur ; je ſuis deſcendu
» ſur la terre ; j'ai été mis au monde
» pour apprendre la vérité aux hom-
» mes : celui qui s'y conſacre me com-
» prend. »

Ici Pilate l'arrêta ; & avec le ton &
le ſourire de la confiance qu'ont les

gens du monde, qui jugent des chofes
les plus graves avec tant de legéreté , il
lui demanda : « Qu'eft-ce que la vé-
» rité ? »

En difant ces mots, il le reconduifit
dans l'affemblée. « Je ne trouve, dit-
» il aux prêtres, cet homme coupable
» d'aucun crime qui mérite la mort.
» Vous me difiez tout-à-l'heure que
» c'étoit dans la Galilée qu'il avoit oc-
» cafionné des foulevemens : en ce
» cas, je vais l'envoyer à Hérode ; la
» Galilée eft dans fon diftrict : ainfi
» c'eft à lui qu'il appartient de le juger;
» & fi, comme il me le paroît, il s'agit
» plus ici de tranfgreffions à votre loi,
» que de foulevemens, c'eft encore
» Hérode qui doit prononcer fur un
» fait dont il eft mieux inftruit que moi.»
Ainfi parla Pilate.

Cependant la mere du Sauveur, après
avoir paffé toute la nuit dans la folitude
& les terreurs, fe rendit, au point du
jour, à Jérufalem pour y chercher fon divin Fils ; mais élle ne le trouva pas dans
le temple. . . . . Tandis qu'elle s'aban-
donnoit à fon trouble & à fon inquiétude, elle entendit un bruit fourd qui
venoit du côté du palais des Romains :

elle court à ce bruit, sans penser quelle pouvoit en être la cause. Elle perce à travers la foule du peuple qui accouroit de toutes les parties de la ville pour se rendre au tribunal. Marie s'en approche aussi, le cœur serré, mais tranquille sur ce qui pouvoit occasionner le concours de la multitude. Elle apperçut Lebbée de loin; mais à peine Lebbée l'eut-il reconnue, qu'il s'enfuit. » Il me fuit ? dit Marie en elle-même; » pourquoi m'évite-t-il ? » Dans cet instant, la Providence tira le glaive de douleur destiné à percer son ame. Elle leve les yeux, & voit Jesus ! ... Son ange voyant la pâleur mortelle qui se répandit tout-à-coup sur son visage, & ses yeux éteints, détourna sa face. Mais lorsqu'elle eut repris l'usage de ses sens, que ses yeux commencerent à distinguer les objets, & son oreille à entendre, elle marcha en avant, monta jusqu'à l'endroit où étoit le tribunal, & apperçut encore une fois son fils au milieu de ses accusateurs, & devant le Romain qui devoit le juger. Elle entendit le peuple furieux qui faisoit retentir autour d'elle le nom de mort. Sans protection, sans appui, que pouvoit-elle faire ? à

qui pouvoit-elle avoir recours ? Elle
jetta les yeux autour d'elle, & ne vit
perſonne de qui elle pût implorer la
pitié. Elle les leve au ciel ; le ciel eſt inſenſible pour elle. « O toi ! dit-elle en
» elle-même, qui me fis annoncer par
» des anges la naiſſance de ce fils chéri,
» qui me le donnas dans la vallée de
» Bethléem, & qui remplis mon cœur
» de plus de joies qu'aucune mere en ait
» jamais ſenties, de joies que les anges
» mêmes ne purent exprimer toutes en-
» tieres dans les cantiques qu'ils chante-
» rent au moment où il vint au monde !
» toi, qui exauças la mere de Samuel,
» lorſque, ſe tenant près de l'autel, elle
» pleura & pria, Dieu de miséricorde,
» entends les cris plaintifs de mon ame
» déſolée ; ſois ſenſible à l'excès de ma
» douleur. Tu m'as donné les entrailles
» de la plus tendre des meres, & le
» meilleur des fils, le plus parfait des
» enfans de la terre. O toi ! qui créas
» les cieux, & qui permets aux larmes
» de couler pour te fléchir, ah ! ne
» ſouffre pas qu'il meure, ſi ma priere
» cependant eſt conforme à ta divine
» volonté. » Elle ſe tut.

Le peuple qui accouroit de toute

part, pouffe Marie, l'éloigne, & lui
dérobe bientôt la vue de fon fils.
Elle fe dégage de la foule, s'arrête,
avance, mais inutilement : fes yeux ne
rencontrent plus celui qu'elle cherche ;
elle n'apperçoit même aucun des difciples : alors elle fe couvre de fon voile,&
verfe en filence les larmes les plus amè-
res. Quelque tems après, elle leve les
yeux, & voit le palais du gouverneur.
» Il eft peut-être ici des hommes, dit-
» elle en elle-même. Dans ce palais
» confacré au luxe, il y a peut-être
» quelque mere qui ne dédaigne pas
» d'ouvrir fon cœur au tendre fenti-
» ment de l'amour maternel. O Por-
» cie ! fi ce que tant de meres Ifraëlites
» difent de toi, étoit vrai ; s'il étoit vrai
» que tu euffes un cœur fenfible ! An-
» ges, qui fîtes retentir de vos chants
» la crêche où il prit naiffance, ah ! s'il
» étoit vrai que Porcie eût un cœur hu-
» main ! » . . . Séduite par fes penfées,
elle leve fon voile, & monte rapidement les fuperbes degrés qui condui-
fent à l'appartement du gouverneur.
Elle traverfoit de vaftes fales défertes,
lorfque dans l'aîle du palais où étoit le
tribunal, fous la voûte d'un falon

éloigné, une jeune Romaine, le visage
pâle & les cheveux épars, s'avance à
grands pas vers elle : une robe legere,
prise à la hâte, flottoit négligemment
sur ses épaules. Elle paroissoit agitée
& tremblante, & la vue de Marie la
saisit d'étonnement ; elle reste immobile. La mere de l'Incréé, quoiqu'ab-
sorbée dans la douleur, portoit empreint dans tous ses traits ce caractere
de grandeur, respecté des anges même
qui en connoissent la source ; grandeur
qui ne pénetre jamais plus profondément dans le cœur des hommes, qui
ne s'empare jamais plus puissamment
de leur admiration, que lorsque la douleur l'accompagne. Après un long silence, la Romaine lui adresse ces mots:
» O vous ! que j'admire sans vous con-
» noître, dites-moi qui vous êtes Non,
» je ne vis jamais cette douleur divine;
» je ne vis jamais tant de majesté sur
» le visage d'une mortelle....
    » Si tu sens dans ton cœur, interrom-
» pit Marie, cette vive compassion que
» je lis dans tes yeux, viens avec moi,
» ô Romaine, conduis-moi vers Por-
» cie. » Porcie, plus étonnée encore,
lui répond d'une voix qui se fait à peine

entendre : « Je fuis Porcie. » ... Quoi !
c'eft Porcie elle-même ? ... J'éprou-
vois dans mon ame un fecret pref-
,fentiment qui fufpendoit mes douleurs ; je fouhaitois que Porcie fût
,telle que je te vois ; mais c'eft à
Porcie même que je parle. O Ro-
,maine ! ... hélas ! tu ne connois pas
,toute la douleur dont peut être fuf-
,ceptible une mere née au milieu d'un
,peuple que tu hais. Cependant les
,femmes Ifraëlites ... elles difent que
,ton cœur eft plein d'humanité !
,L'homme que Pilate juge ... il n'a
,point commis d'injuftice ; celui que
,des tyrans accufent ... hélas ! je
, fuis fa mere. » Porcie, livrée à une
douce furprife, reftoit fans mouvement. Ravie, tranfportée, elle fembloit repaître fes yeux du plaifir de voir
Marie : bientôt un fentiment plus noble triomphe, dans fon cœur, du fentiment douloureux de la compaffion.
L'admiration fubjugue toutes les facultés de fon ame, & elle s'écrie avec
tranfport : « C'eft donc ton fils, heu-
» reufe femme ? tu es donc la mere de
» cet Homme divin ? c'eft à Marie que
» je parle ? » Détournant alors fes re-

gards, elle leve vers le ciel des yeu
où fe peignoit l'étonnement.

- » Elle eſt ſa mere ! O Dieu ! Dieu
» puiſſans, Dieux ſuprêmes, qui voi
» êtes montrés à moi dans le plus myſ
» térieux des ſonges, ce n'eſt point
» toi Jupiter, ce n'eſt point à toi, Apo
» lon, mais à vous qui m'avez en
» voyé la mere du plus grand des hu
» mains : quel que ſoit votre nom
» c'eſt à vous que je m'adreſſe. Ell
» me prie, moi !... Non, ne me pri
» pas ; conduis-moi plutôt vers lui, ver
» ton auguſte Fils : qu'il m'arrache
» l'incertitude, qu'il diſſipe d'un deſ
» regards les ténébres qui m'environ
» nent ; qu'il faſſe briller à mes yeut
» la doctrine de la Divinité. »

Porcie s'étoit retournée du côté de
Marie, dont les yeux remplis d'atten-
driſſement cherchoient & rencontre-
rent ceux de la Romaine. « Que ton
» ame eſt agitée, lui dit Marie ! Ah ! je
» vois que Porcie eſt ſenſible à mes
» maux.... Oui, je l'étois ; j'étois la
» plus heureuſe des meres : jamais mere
» n'aima comme j'aime. Mais que ton
» cœur compatiſſant ne réclame pas le
» ſecours inutile de tes Dieux. C'eſt à

oi de nous fecourir : tes Dieux ne
fauroient le faire ; & tu ne le pourras
pas toi-même, ô Porcie! fi les décrets de l'Eternel ont prononcé qu'il
mourra. Mais fi Pilate ne fouilloit
point fes mains dans le fang du Jufte...
fon ame plus pure paroîtroit un jour
avec plus de confiance au tribunal du
Dieu des Dieux. »

Porcie fixant alors les yeux fur Ma-
, fit entendre ces mots : « Que mon
cœur eft plein ! Par où commencer ?
par où finir ? Je voudrois te confoler, fi cependant c'eft te confoler,
que de te promettre mes fecours,
Oui, femme refpectable , je veux te
fecourir ; ne crois pas que j'aie in-
voqué mes Dieux : un fonge dont
je fors à peine, m'en a fait connoître
de plus grands ; c'eft à ceux-ci que
s'adreffoit ma priere.... Songe célefte, fonge terrible, & tel qu'il n'en
a jamais erré de pareil autour de mon
ame! Je t'aurois fecourue, ô Marie !
quand même je n'aurois pas eu le
bonheur de te voir. Ce fonge avoit
déja fait retentir fa voix puiffante à
mes oreilles & m'avoit parlé en ta
faveur ; mais la maniere effrayante

» dont il a fini, m'a tirée du fom
» meil, & m'a laiſſée baignée d
» ſueurs froides. J'ai voulu, dans l'in
» tant, voir cet illuſtre accuſé : je cou
» rois vers lui, lorſque les Dieux m'o
» envoyé ſa mere. » Porcie ſe tut. E
ſortant de ſon appartement avec préci
pitation, elle avoit ordonné à une
clave de la ſuivre. Cette eſclave s'étoi
arrêtée à portée d'elle, au fond d'un
galerie voiſine. Porcie lui fait ſigne d'a
procher : « Vas vers Pilate, lui dit
» elle, cours ; dis-lui que celui qu'
» va juger eſt un homme juſte, grand
» céleſte : qu'il ne condamne point l
» Juſte. O Pilate ! aujourd'hui mêm
» une viſion m'a effrayée pendant mo
» ſommeil, & m'a parlé en faveur d
» cet Homme divin…. Calme donc
» mere tendre, calme tes douleurs
» viens avec moi, deſcendons da
» ce jardin ; là, loin des cris de l
» populace, je te raconterai ce qu
» m'ont appris les momens pénible
» de ce ſommeil intéreſſant. »

Elle dit, & elles deſcendirent.
plus noble des payennes fixe attenti
vement ſes regards ſur la terre : ell
garde encore le ſilence. Ce ſonge l

pénetre d'admiration, & la plonge dans
des réflexions inconnues pour elle.
Son ange tutélaire l'avoit verfé dans
fon ame, il y nourriſſoit ces penſées
fublimes qui avoient fait fur fon efprit une impreſſion fi profonde; c'é-
toit de ce germe fécond que l'être
bienheureux faifoit éclorre, fans ceſſe,
de nouvelles penſées. Il vouloit frapper les fibres les plus fenfibles de fon
cœur; il vouloit la toucher. Elle s'arrache enfin à fes réflexions, & dit à
Marie : «Socrate... tu ne connois pas
»pas cet homme divin... ah ! je tref-
»faille de joie en prononçant fon
»nom. Il couronna la plus belle vie
»par une mort qui la rendit encore
»plus reſpeċtable. Socrate... ce fage
»que j'admirai toujours, dont l'idée
»m'occupa fans ceſſe, je l'ai vu pen-
»dant mon fommeil. Il s'eſt nommé
»par fon nom immortel. Voici, m'a-
»t-il dit, l'objet de ton admiration;
»je fuis Socrate. Je viens des régions
»qui font au-delà des tombeaux.
»Ceſſe de m'admirer. La Divinité
»n'eſt pas ce que nous la croyons
»être. Nous étions tous les jouets
»de l'erreur, vous aux pieds des au-

» tels, & moi sous l'ombre d'une sa-
» gesse plus austere. Il ne m'est pas
» permis de te dévoiler tous les my-
» teres de la Divinité. Je ne puis con-
» duire tes pas que jusqu'au vestibule
» de son temple. Peut-être qu'en ces
» jours de merveilles où s'accomplit
» la plus grande des actions qui se soit
» passée sur la terre, un esprit supé-
» rieur, un être plus parfait, t'intro-
» duira dans son sanctuaire. Je te dirai
» cependant, & c'est ton cœur ver-
» tueux qui t'a mérité cette consolation,
» que Socrate ne souffre plus de la part
» des méchans; il n'y a ni Elysée, ni
» juges sur les sombres bords : ces idées
» étoient l'ouvrage de la foiblesse &
» de la crainte. Il est ici un autre Juge:
» il y brille d'autres soleils que dans
» l'Elysée. Ici le nombre, la mesure, &
» la balance compte, mesure, pese
» toutes les actions. Comme les plus
» sublimes vertus s'anéantissent, hélas!
» Avec quelle legéreté l'essence qui
» les constitue, s'envole & se dissipe
» comme la poussiere dans les airs!
» Peu sont récompensées ; beaucoup
» sont pardonnées. Mon cœur a trouvé
» grace en faveur de sa sincérité. O Por-
» cie!

,ciel qu'au-delà des tombeaux tout eft
,différent de ce que nous penfions! Ta
,fuperbe Rome qui effraie l'univers,
,n'eft qu'une orgueilleufe fourmi-
,liere; & une larme que la compaffion
,fait couler ; une larme qui part d'un'
,cœur droit & fincere, eft préférable
,au monde entier. Rends-toi digne
,de la verfer.... La troupe fainte des
,efprits folemnife maintenant avec la
,plus grande pompe un myftere re-
,doutable, qui ne m'a point été dé-
,voilé, & que je n'admire que de loin.
,Le plus grand des hommes fouffre !
,fi cependant on peut l'appeller hom-
,me. Jamais mortel ne fouffrit comme
,il fouffre. Il s'humilie profondément
,devant la Divinité ; il obéit ; il met
,le comble à la plus difficile des ver-
,tus. Dans ce moment même, ce
,prodige s'opere en faveur des hom-
,mes. Ouvre les yeux, Porcie, re-
,connois l'Auteur de ces merveilles.
,Pilate le juge ; mais, fi fon fang rou-
,git la terre, jamais fang innocent
,n'aura élevé vers le ciel des cris auffi
,puiffans.... Le fpectre fe tut après
,avoir dit ces mots, & difparut ; mais
,je l'entendis me crier de loin. »

Partie II,   D

» Regarde... Je regarde... Dieux!
» que vois-je ? une vaste plaine cou-
» verte de tombeaux qui s'ébranlent
» & s'entr'ouvrent. Des nuages épais,
» suspendus aux voûtes des cieux, des-
» cendoient jusques sur ces tombeaux.
» La nuée se fend & me présente une
» ouverture immense. J'y vois entrer
» un homme tout sanglant. Des trou-
» pes innombrables d'ombres disper-
» sées sur ces tombeaux, suivent des
» yeux cet homme ensanglanté. Leurs
» bras étendus vers lui, expriment le
» desir qu'elles ont de le suivre. Plu-
» sieurs nagent dans leur sang. La terre
» s'en abbreuve & tremble; je les vois
» souffrir. Mais avec quelle constance,
» avec quelle grandeur elles semblent
» défier tous les traits de la douleur!
» Alors une noire tempête déploie ses
» aîles effroyables, la nuit jette un
» voile lugubre sur cette vaste plaine,
» & la terreur m'arrache au sommeil. »
Porcie se tut. Ainsi s'arrête & revient
sur ses pas la pensée de l'homme,
lorsque, par un dernier effort, elle
a entrevu l'obscurité qui lui cache les
profondeurs de la Providence. Marie, livrée à de nouvelles réflexions,
tourne ses regards vers le ciel. Elle

dreſſe enſuite la parole à Porcie : «Que
»te dirai-je, ô Porcie ! Je ne com-
»prends pas moi-même toutes les ſu-
»blimes vérités qui peuvent être enve-
»loppées dans ton ſonge. Mais ce n'eſt
»qu'avec reſpect que je fixe les yeux
»ſur toi. Des eſprits ſupérieurs vien-
»dront, ſans doute, t'ouvrir le ſanc-
»tuaire de la vérité... C'eſt à moi de me
»taire. J'oſerai cependant te dire que
»celui qui créa avec la même facilité,
»& cette herbe qui croît ſous nos
»pieds, & ces cieux qui roulent ſur
»nos têtes, eſt le vrai Dieu, le Dieu
»unique. C'eſt lui qui a impoſé aux
»hommes le fardeau d'une vie péni-
»ble : il l'a remplie de joies & de
»douleurs paſſageres, afin qu'ils n'ou-
»bliaſſent pas la nobleſſe & la dignité
»de leur ame. Il a voulu leur faire
»ſentir que l'immortalité n'habite qu'au-
»delà des tombeaux. Son nom eſt
»Iéhova. Il a créé l'univers. Il en
»ſera le Juge. Il eſt le Dieu d'A-
»dam, le Dieu de pluſieurs des en-
»fans d'Adam, & le Dieu d'Abra-
»ham notre pere. Le culte que nous
»lui rendons, & dans lequel des mor-
»tels orgueilleux croient pénétrer, eſt

» encore un myftere pour les fideles
» qui le lui rendent. C'eft cependant
» l'Eternel lui-même qui l'a établi. Il
» le connoît. Il le développera. Que
» dis-je ? il le développe. Jefus, le
» grand Prophete, l'Envoyé de Dieu,
» l'Auteur de tant de merveilles, (ce
» n'eft qu'avec des tranfports de joie,
» ce n'eft qu'en tremblant que j'ofe
» l'appeller mon fils ...) il eft venu
» pour accomplir les deffeins du Très-
» Haut. J'étois deftinée à le mettre au
» monde ; j'eus ordre de l'appeller
» Jefus ; il devoit racheter les hommes.
» Voilà ce qui me fut annoncé par un
» immortel, un de ces immortels que
» nous nommons Anges. Ils font cepen-
» dant créés comme nous. Mais les
» Dieux de la Grèce & de la formida-
» ble Rome, s'ils exiftoient, ne feroient
» auprès d'eux que de fimples mortels.
» Lorfque je donnai le jour dans une
» cabane à Jefus, l'Enfant des merveil-
» les, des troupes de ces immortels
» vinrent célébrer fa naiffance. » Porcie étoit tombée à côté de Marie:
l'étonnement s'étoit emparé de fon
ame ; elle élevoit fes mains jointes vers
le ciel ; elle prioit. Sa voix, fa foible

foix, effayoit de prononcer le nom
de Jéhova ; mais elle fent que fa langue s'y refufe : elle n'ofe pas encore
articuler le plus grand des noms. Elle
fe leve, le cœur oppreffé de douleur,
jette les yeux fur l'augufte Marie, &
dit : « Il ne mourra pas. »... Ah ! il
»mourra, interrompit Marie. La ca-
»lamité s'eft appefantie depuis long-
»tems fur ma vie. Il mourra, Porcie ;
»il mourra. Il l'a dit lui-même. C'eft
»pour moi, c'eft pour les fideles le
»plus impénétrable des myfteres. Il
»a réfolu de mourir. »... Mon ame
»fe déchire, s'écria Porcie. Tes dif-
»cours fur la Divinité fermoient infen-
»fiblement la profonde bleffure de
»mon cœur ; je la fens maintenant qui
»fe rouvre, & qui faigne. »... Que le
»Très-Haut te béniffe, dit Marie ! Que
»le Dieu d'Abraham te béniffe ! Mais
»détourne de moi tes yeux remplis de
»larmes ; c'eft en vain que tu t'efforces
»de me confoler : il a réfolu de mou-
»rir ; &... il meurt. » A ces mots, fa
voix expire. Elles font long-tems fans
pouvoir lever les yeux l'une fur l'autre.
Enfin tel qu'on voit un mourant fe tourner encore une fois vers fon ami, Porcie

fait un effort, & lui dit : « Je vais, ô
» la plus digne des meres !... je vais
» pleurer avec toi.... sur le tombeau
» de ton fils. »

Cependant les prêtres conduisent à
Hérode le Fils de l'Eternel. Le peuple
les suit en foule. Déjà le bruit s'est
répandu dans le palais du prince, que
Pilate lui envoie Jesus de Galilée, l'auteur de tant de miracles. Hérode assem-
ble à la hâte ses courtisans, & s'assied
sur son thrône. « Ce jour, leur dit-il,
» va nous instruire de la vérité, ou nous
» tirer d'erreur. Vous avez tous en-
» tendu ce qu'a publié la voix de la
» rénommée au sujet de Jesus le Naza-
» réen. D'un mot guérir les malades !
» D'un mot ressusciter les morts ! &
» cependant il n'a pas sçu se garantir de
» nos chaînes. Il est enfin entre nos
» mains ! Quel événement inatten-
» du !...» Il n'en dit pas davantage,
& dissimula la satisfaction qu'il goûtoit
au fond de son cœur dur & superbe.
» Le plus grand des Prophetes, disoit-
» il en lui-même, va donc paroître
» devant moi comme un vil criminel.
» Je le verrai trembler, & remper à
» mes pieds. Je lui ordonnerai de faire

»des miracles. S'il en fait.... (mais
»n'eſt-il pas impoſſible d'en faire?) s'il
»fait ſeulement quelque choſe qui en
»approche, ce ſera moi qui lui en
»aurai donné l'ordre.... S'il n'en fait
»pas, j'aurai toujours eu la gloire d'ê-
»tre le juge de cet homme ſi célé-
»bre, que tout Iſraël conduiſoit autre-
»fois au milieu des acclamations &
»des chants d'allégreſſe, en jonchant
»la terre de palmes ſous ſes pas. »

Les prêtres qui entrerent dans la
ſalle à pas précipités, le tirerent de ſes
réflexions. Jeſus étoit encore éloigné
parmi le peuple qui le preſſoit de
toutes parts. Une foule innombrable
de ſpectateurs étoit accourue pour le
voir. Les uns s'élevent au-deſſus des
autres; les autres crient, s'arrêtent,
pleurent, admirent, maudiſſent, bé-
niſſent.... Jeſus, au milieu des flots
de cette multitude, marchoit avec ce
calme ſupérieur à la douleur & à l'humiliation; calme auquel les hommes
s'efforceroient en vain de donner un
nom, & que leur ame n'eſt pas en état
de ſentir tel que l'éprouvoit l'Homme-
Dieu. Il apperçut ſes diſciples dans
l'éloignement, & vit d'avance la con-

D iv

folation éternelle qui defcendroit un jour, comme un torrent, dans leur ame. Vous étiez déja comptées, larmes de joie ; mais ils ne les verfoient pas encore. Confondus là plûpart dans la foule, ils tâchoient de fe faire jour pour parvenir jufqu'à lui, & lui demander fa derniere bénédiction ; mais les flots de la multitude les repouffent, & les contraignent de reculer. Là étoient Pierre, le cœur accablé de triftefle & les yeux éteints par les pleurs, Jean, Nathanaël & Lebbée, plufieurs des foixante & dix difciples, plufieurs femmes vertueufes que Jefus aimoit, Marie-Magdelaine, Marie, mere des Zébédées : la fœur de Lazare ne s'y trouvoit pas ; une maladie cruelle la retenoit dans le lit de la mort. A peine Magdelaine pouvoit-elle fe foutenir. Elle reconnut, à côté d'elle, un homme à qui le Meffie avoit autrefois rendu la vue. « Ah ! dit- » elle, fi tu te fouviens encore qu'il » rappella jadis pour toi la lumiere du » jour, aide-moi à percer jufqu'à lui, » conduis-moi à travers ces furieux. » Que mes yeux le voient encore une » fois ; ils veulent le faire mourir ! » mais elle le fupplie en vain. Il s'épuife

en efforts inutiles , pour marquer fa
reconnoiffance. Pierre n'avoit ofé ten-
ter de fe faire un paffage dans la foule.
Jean s'étoit arrêté, à quelques pas de-
là, fur une hauteur d'où il voyoit le
Meffie... « Mere des Zébédées , dit
»Lebbée à Marie, (qui portoit fur fon
»vifage l'empreinte de la plus vive
»douleur ,) vous êtes une mere heu-
»reufe. Levez vos yeux reconnoiffans
»vers le ciel , & réjouiffez-vous. Mais
»celle qui a mis au jour l'Innocent ,
»le Jufte, l'Auteur de tant de mira-
»cles; mais la mere du Fils divin...
»ah ! l'image de fes maux me fuit par-
»tout. Je la vois, je la vois fans ceffe
»cette trifte image. Oui, je defcends
»dans ton cœur, Mere infortunée ;
»je fens comme toi toute la douleur
»qui déchire ton ame. O vous , anges
»exterminateurs ! ayez pitié de cette
»augufte Mere ; détournez fes pas ;
»faites qu'elle ne voie pas fon Fils dans
»les bras de la mort ! »
   Cependant le Juge de l'univers entre
dans le palais d'Hérode. On le conduit devant le prince. C'eft ainfi que
des cœurs pervers , livrés à l'efprit de
vertige, citent la Providence à leur
                    D v

propre tribunal, lui prêtent les penfées de la pouffiere, & ofent la juger.
Mais la Providence indignée, les montre au tonnerre qui fond du haut des
airs. Hérode, en le voyant, eft faifi
d'étonnement : en vain fon orgueil
s'en irrite ; fon étonnement augmente
malgré lui. Frappé de ce caractere de
grandeur, & de ce calme au-deffus
de l'humanité, qui refpirent dans la perfonne du Meffie, il fixe long-tems fes
regards fur lui. L'orgueil triomphe enfin de fa furprife, & il lui parle en
ces termes :

» Le bruit des prodiges que tu operes,
» a retenti dans tous les pays : il eft
» parvenu jufqu'à moi ; mais la voie
» de la renommée augmente ou dimi-
» nue tout ce qu'elle publie : rarement
» elle s'en tient à la fimple vérité. Mon-
» tre-moi ce que je dois penfer en-
» fin des miracles qu'elle t'attribue, &
» qu'elle rend peut-être moins grands
» qu'ils ne font en effet. Ce n'eft pas
» que je doute de ton pouvoir ; mes
» yeux ne veulent qu'en être témoins,
» & t'admirer. Puifque tu étois avant
» Abraham, tu es donc fupérieur à
» Moyfe, & à tous les prophetes qui

»font venus après lui. Ils firent tous
»des prodiges ; tu dois donc t'élever
»au-deſſus d'eux par des prodiges plus
»éclatans que les leurs. Que le choix
»ne t'embarraſſe pas. Je vais t'en pro-
»poſer moi-même, & ne t'en propo-
»ſer que de grands, que de dignes de
»leur auteur. Tu vois d'ici ſur la mon-
»tagne de Moria les voûtes du temple,
»& ce faîte brillant qui s'éleve juf-
»qu'aux nuës. Parle ; dis à ces murs
»ſuperbes : Inclinez-vous devant le
»Prophete. Dans l'enceinte du temple
»repoſent les cendres de David. Quel
»raviſſement pour ce ſaint roi de revoir
»Jéruſalem ! Quel raviſſement pour
»nous de le revoir lui-même! Fais en-
»tendre ta voix aux os que renferme ſa
»tombe : qu'il ſorte de ces voûtes obſcu-
»res, & qu'il ſe montre vivant à nos
»yeux. Mais tu gardes le ſilence. Parle
»donc au Jourdain. Commande-lui de
»s'élever, de détourner ſon cours, de
»couler vers Jéruſalem, de laver le pied
»de ſes ſuperbes tours, & de remonter
»enſuite à Génézareth ; Ou bien or-
»donne à la montagne de Sion de s'é-
»lever dans les airs. Que les peuples
»étonnés de ſe voir couverts de ſon

D vj

» ombre, la fuivent des yeux, la voient
» fe placer fur celle des Oliviers, &
» cacher fa tête dans les cieux. Mais
» tu ne réponds pas. » Ainfi parloit
Hérode qui ne connoiffoit pas celui
qu'il interrogeoit. Il ne fçavoit pas que
le tyran des fept montagnes redoutées
& des royaumes humiliés n'étoit qu'un
grain de pouffiere devant celui à qui il
parloit. Il lui dit encore une fois, en
élevant la voix : « Quoi ! tu ne réponds
» rien ? »

L'Homme-Dieu, fans dire un mot,
jetta fur lui un regard plein de majefté. Hérode qui le méconnoiffoit en
tout, prit fon filence pour une mar-
que de mépris, & fe leva d'indignation.
Caïphe qui s'en apperçut, faifit ce moment, & dit :

» Vous voyez vous même, quel
» homme eft ce prétendu Prophete.
» Vous avez vu fon obftination à fe
» taire, quand vous lui avez demandé
» des prodiges : peut-il en faire ? Ce-
» pendant le peuple le penfe ; & quel-
» ques efprits foibles de cette affemblée
» fe l'imaginent auffi. Un féditieux qui
» a l'audace de fe foulever contre la
» loi de l'alliance, quoiqu'on l'ait fou-

» vent averti de son aveuglement, &
» qui veut renverser celle de Moyse,
» peut-il avoir été envoyé de Dieu,
» & doué du don des miracles ? Caï-
» phe peut bien venger la profanation
» de notre alliance, & les loix de
» Moyse ; & il les vengera. Mais, Hé-
» rode, c'est à vous qu'il appartient
» de punir un rebelle, qui a osé aspirer
» à la royauté. Il a rassemblé autour
» de lui toute la Judée, & est entré
» dans Jérusalem, au milieu des accla-
» mations ; il a souffert qu'on jon-
» chât son chemin de palmes, qu'on
» l'appellât Fils de David, & qu'on
» lui donnât le titre de Roi & d'En-
» voyé du Seigneur. »

Philon, quelque ennemi qu'il fût
de Caïphe, ne put s'empêcher de lui
marquer sa satisfaction par un sourire.
Hérode alors, par une raillerie amere,
ordonna qu'on revêtit Jesus de la robe
blanche, que prenoient les Romains
quand ils briguoient les premieres dignités de l'Empire. « Pilate, dit-il,
» est un juge éclairé : il connoît le mé-
» rite ; il l'inaugurera roi, & il ajoûtera
» aux acclamations & aux palmes du
» peuple, la pourpre & la couronne. »

Auffi-tôt la garde du prince mit une robe blanche à Jefus & l'accabla des infultes les plus humiliantes ; après quoi Hérode le renvoya. Une affluence du peuple accourue pour voir la folemnité de la fête, augmenta le nombre prodigieux de celui qui fuivoit Jefus : on auroit dit que toute la Judée étoit raffemblée dans la ville. Ce concours impofant n'effraya pas Philon. Semblable à un pilote qui voit avec plaifir approcher les vagues de la mer qui porteront fon vaiffeau dans le port, il s'apperçoit que le peuple eft encore divifé, & qu'une grande quantité d'Ifraëlites révéroient encore le Meffie ; mais l'orgueil & l'envie de dominer le mettoient au-deffus de toutes craintes. Environné des Pharifiens qui lui étoient dévoués, il les anime de fon efprit, & leur ordonne de fe répandre parmi la multitude encore incertaine du parti qu'elle prendroit. Ils fe difperfent promptement, & chacun, d'après fon caractere & fa fureur, s'infinue dans l'efprit de fes auditeurs ; en employant les artifices du facerdoce, tantôt à force de douceur & de foupleffe, tantôt avec

de la fermeté & de la hauteur ces
orateurs pervers se rendent maîtres de
l'esprit du peuple. C'est ainsi que de
la coupe d'un ennemi coule le poi-
son dont chaque goutte allume la mort.

» Croyez-vous, disoient les uns,
» qu'il ait opéré quelque prodige, quand
» Hérode lui a ordonné d'en faire ? Il
» ne l'a pas pu, & vous avez vu comme
» il est resté muet. Vous connoissez les
» sentimens qu'ont pour lui les anciens
» d'Israël : tous le méprisent, tous
» maudissent l'imposteur qui a blasphé-
» mé Abraham, qui a passé sa vie à
» profaner sa loi. Ne voyez-vous pas
» que les prêtres de Dieu même sont
» ses accusateurs ? Si Dieu nous l'avoit
» envoyé, l'abandonneroit-il ? Il l'a-
» bandonne cependant ; & le voilà
» dans les chaînes. Les Payens le ju-
» gent ; mais ils le jugent avec trop
» de clémence : ils ne connoissent pas
» toute l'atrocité des crimes de cet im-
» pie. Gardez-vous de demander au-
» jourd'hui la grace d'aucun prisonnier.
» Les sectateurs de ce fourbe pourroient
» profiter de la circonstance, & de-
» mander sa vie au Romain : vous au-
» riez vous-mêmes donné occasion à

» cette demande, & vous en feriez
» coupables devant Dieu ; fouvenez-
» vous que vous êtes le peuple faint.
» C'eft pour vous que brille le temple
» du Seigneur ; c'eft pour vous que la
» fumée des holocauftes s'éleve de l'au-
» tel vers les cieux. Ecoutez la voix
» des cendres des prophetes, la voix
» des cendres d'Abraham, & de fes
» os facrés ; elle vous crie de venger
» le plus grand des patriarches. »

C'eft ainfi qu'ils en impofoient à des
milliers d'ames foibles, qui en entraî-
noient d'autres milliers à leur tour. Le
nombre de ceux qui reftoient indécis,
étoit petit ; celui des vertueux & des fideles étoit plus petit encore. Ainfi, lorfque l'orage deftructeur a renverfé la forêt qui couvroit le vafte fommet d'une
montagne, on voit à peine quelques
cédres ifolés qui ont refifté à fa fureur.

Cependant Pilate, pour émouvoir le
peuple en faveur de Jefus, avoit fait
conduire fecrettement dans le palais un
fameux prifonnier dont le nom étoit
redouté de toute la contrée avant
qu'on l'eût mis dans les fers. Tandis
que les prêtres & le peuple revenoient
vers Gabbatha, on conduifoit le pri-

fonnier fur une hauteur d'où il pouvoit
être vu de tout le monde. Il prome-
noit autour de lui fon regard ardent &
féroce ; il retenoit fa refpiration haletante : la fureur, & non le repentir,
plioit fa tête audacieufe. Il reftoit cour-
bé, avalant l'écume que la rage faifoit bouillonner fur fes lévres., & les
chaînes retentiffoient à fes bras ner-
veux. Pilate fit placer le Meffie à fa
droite, & le meurtrier à fa gauche, en
difant au peuple : « Il faut que celui-
» ci, en montrant Jefus, ou celui-là,
» périffe. » Le fcélérat frémit de l'incertitude où paroiffoit Pilate, & laiffa
appercevoir fon indignation.

» Vous m'avez amené cet homme,
» continua Pilate, en faifant un mou-
» vement de la main droite, en m'af-
» furant qu'il foulevoit les peuples
» contre Céfar ; je l'ai examiné avec
» attention, & ne l'ai pas trouvé cou-
» pable : Hérode ne l'a pas trouvé cou-
» pable non plus ; ainfi je ne confen-
» tirai pas qu'il meure. Puifque l'u-
» fage de délivrer un prifonnier, le
» jour de votre fête, eft confacré, je
» vais le faire frapper de verges; après
» quoi, je le renverrai libre. Mais vous

» n'écoutez pas la raifon ! Parlez donc;
» furieux que vous êtes, lequel vous ac-
» corderai-je, de Barrabas ou de Jefus?»

C'eft dans cet inftant que Porcie envoya vers lui une efclave qu'elle avoit
chargée de lui rendre compte de la vi-
fion qu'elle avoit eue pendant la nuit,
& de le conjurer de ne pas condamner le Jufte, l'Homme divin qu'il alloit
juger. Tout le peuple gardoit un filence
profond : ce filence inquiéta Philon.
Lui & ceux de fa faction craignirent
que la multitude ne fût dévouée à celui qu'ils vouloient faire paffer pour un
féditieux.

Dans ces circonftances, on entendit tout-à-coup s'élever, dans l'éloignement, un murmure douloureux de la
part des muets, des boiteux, des aveugles que le Sauveur avoit guéris, & de
ceux qu'il avoit reffufcités : ils le bé-
niffoient & lui donnoient le nom de
Bienfaiteur des hommes ; mais les cris
furieux des troupes répandues dans le
voifinage, étoufferent cette voix. Ainfi
les gémiffemens d'un enfant égaré dans
une forêt, font diffipés par le bruit de
l'orage; ainfi les actions du fage obfcur
difparoiffent devant les actions bruyan-

les des grands de la terre. Philon qui
fentit le danger & pénétra l'intention
de Pilate, en montrant au peuple, à
côté de Jefus, un meurtrier qui lui étoit
odieux, s'éloigna du Romain d'un air
arrogant, fûr de ramener à fes vues une
multitude qu'il étoit accoutumé de conduire à fon gré, & dont fon caractere fa-
cerdotale le rendoit la terreur & l'idole.
Pilate le fuivit des yeux, du haut de fon
tribunal, avec l'air du mépris & de l'indignation. Philon fait figne ; auffi-tôt
le peuple fe raffemble autour de lui,
& il parle en ces termes :

» Je n'ai pas le loifir, ô Ifraëlites,
» de m'étendre avec vous fur le fujet
» qui nous intéreffe aujourd'hui ; mais
» vous me connoiffez : vous fçavez
» quels font mes fentimens contre les
» impies qui ofent outrager Moyfe. Je
» maudis celui qui, quoiqu'il ne l'ou-
» trage pas par fes paroles, l'outrage
» cependant par fa conduite. Je mets
» devant vos yeux votre perte & votre
» falut. Choififfez, Ifraëlites, Barrabas
» ou Jefus. Barrabas eft un affaffin ;
» perfonne ne l'ignore, & Pilate le
» fçait comme nous : il ne vous l'a
» préfenté à côté de Jefus, que pour

» vous féduire & vous toucher de com-
» paffion en faveur de Jefus, cet adroit
» imitateur de toutes les vertus. Mais
» je n'infifterai pas fur les intentions
» que peut avoir eues Pilate. Nous
» fommes vaincus : nous nous taifons;
» mais Philon ne peut pas fe taire, lorf-
» qu'il vous voit fur les bords du pré-
» cipice &, dans votre aveuglement,
» courir à votre perte : je le dis avec
» douleur. Quelle honte pour les def-
» cendans des patriarches & des pro-
» phetes de fe laiffer avilir jufqu'à
» être les admirateurs d'un fourbe !...
» Je n'entrerai pas ici dans le détail de
» tous les crimes dont il s'eft noirci :
» je les ai fait connoître dans l'affem-
» blée de vos maîtres, qui, à ma voix,
» ont prononcé l'arrêt de fa mort. Son
» fang couleroit déja, & les pierres
» faintes en feroient teintes; mais nous
» n'avons pas le droit de le conduire au
» fupplice. ... Ce Jefus, cet homme
» cruel fçait que, lorfqu'il aura répandu
» parmi nous l'efprit de rebellion, les
» Romains profiteront de cette circonf-
» tance pour tomber fur nous, & pour
» achever de nous perdre. N'a-t-il pas
» déja raconté en triomphe à la multi-

» tude raſſemblée autour de lui , & les
» horreurs du ſiége qui menaçoit Jé-
» ruſalem , & ſa chute & celle du tem-
» ple ? Vous l'écoutiez avec admira-
» tion , tant vous étiez aveugles. Il eſt
» inſenſible à la compaſſion ; il prévoit
» les malheurs de Jéruſalem , il ſent
» que c'eſt lui-même qui va les occa-
» ſionner & les faire fondre ſur elle ,
» & il continue à répandre par-tout l'eſ-
» prit de vertige & de ſédition. Il voit
» notre temple détruit , nos autels ren-
» verſés : il voit la ſublime Jéruſalem
» dans la déſolation , cette reine des
» villes enſevelie dans la cendre , ſes
» malheureux habitans égorgés & pri-
» vés de ſépulture , jettés au milieu
» des rues , & ceux que la douleur ou
» la faim ont épargnés , périr ſous le
» fer de leurs vainqueurs impitoya-
» bles ; & ce triſte ſpectacle ne le tou-
» che pas , il reſte ſans pitié. »

Comme il achevoit ces mots , des
prêtres apoſtés jetterent des cris de
 e, & applaudirent au diſcours de
 ilon. Ces artifices n'étoient pas né-
ceſſaires pour émouvoir le cœur d'un
peuple déja trop porté à la méchanceté.
Pilate qui ne ſçavoit plus quel parti il

devoit prendre, s'adreſſa de nouveau à la multitude, & lui dit :

» Parlez donc : lequel des deux vou-
» lez-vous que je vous abandonne?»...
» Barrabas ! lui cria-t-on d'une voix
» unanime, animée par la fureur, Bar-
» rabas. » Les anges qui étoient autour
du Meſſie, détournerent leur face tremblante. Pilate, revenu de ſon étonnement, dit avec indignation : « Que
» ferai-je donc de Jeſus, de votre Oint?»
Ils fremirent, frapperent des pieds, &
dirent :

» Fais-le crucifier. » ... Le Romain,
dans l'eſpérance de les fléchir, leur
répondit : « Quel crime a-t-il donc
» commis ? Non, il n'eſt pas coupa-
» ble ; il ne mérite pas la mort. » Ils de-
vinrent plus furieux ; ils pouſſerent de
nouveaux cris que la voix des prêtres
irritoit encore. Pâles, tremblans, grin-
çans des dents & la rage dans les yeux
ils crierent : « Qu'il ſoit crucifié ! qu'il
» ſoit crucifié ! » Sion & Moria retentirent, & la pouſſiere ſoulevée par leurs
pieds s'éleva comme un nuage épais.

Pilate effrayé, vit qu'il tenteroit inutilement de délivrer Jeſus ; & par une
foibleſſe indigne d'un Romain, il réſo-

lut de prononcer le jugement d'un homme qu'il reconnoiſſoit innocent. Il étoit deſcendu de ſon tribunal , pour donner quelques ordres à un eſclave ; après quoi , il y remonta. L'eſclave reparut bientôt & perça à travers les prêtres aſſemblés , portant dans ſes mains un vaſe de Corinthe rempli d'eau. Il ſe tint devant Pilate avec ſon vaſe : alors Pilate fit ſigne au peuple dont tous les regards ſe fixerent ſur lui ; l'eſclave lui verſa de l'eau ſur les mains , & il ſe les lava ſolemnellement à la vue de toute l'aſſemblée. ... Dans ce moment , l'ange qui , autrefois dans Goſen , paſſa en épargnant les cabanes qui étoient marquées du ſang de l'Agneau , armé de la deſtruction & des terreurs de Dieu étendit ſes aîles redoutables ſur la Judée qu'il dévouoit aux vengeances du ciel. L'ange exterminateur avoit les yeux attachés ſur le Réconciliateur , & il vit dans les ſiens des larmes de compaſſion que lui arrachoient les crimes & les malheurs de ce peuple ingrat. Alors l'ange de la mort fit entendre les paroles de la malédiction , qui font connoître au ciel les arrêts du Juge ſuprême , lorſque des nations ont comblé la mefure des iniquités. Sa voix retentiffoit au loin, comme les tremblemens de terre qui préfagent la dévaftation & la mort. Il grava enfuite l'arrêt fur des tables d'airain, pour l'expofer près du thrône du Juge.... Pilate fit figne à l'efclave de s'éloigner ; enfuite il parla au peuple:

» Prenez-le donc fur vous, furieux » que vous êtes; je ne fuis pas cou- » pable du fang du Jufte. » ... Alors l'ange d'Ifraël détourna fa face, trembla, pâlit, & abandonna les Juifs. Ils prononcerent eux-mêmes leur condamnation, & s'écrierent :

» Que fon fang tombe fur nous & » fur nos enfans! » ... A peine eurent-ils prononcé ces mots épouvantables, qu'un filence affreux tel que celui qui régne autour des tombeaux, la pâleur, l'effroi, & une horreur univerfelle fuccéderent à leur fureur, mais non le repentir. Pilate enfuite donna fes ordres, & Jefus fut reconduit dans le palais, pour y être frappé de verges.

Barrabas, libre & ne fentant plus le poids de fes chaînes, rugit de joie, s'agite, s'arrête fans dire un mot, court & s'arrête encore. Par-tout où il porte

fes

ses pas , le peuple frémit & recule. Ainsi tremble un scélérat à l'aspect d'un crime qu'il vient de commettre. Mais cette vue réjouissoit Philon ; il auroit volontiers suivi le Rédempteur : il alloit & revenoit sans cesse auprès de la porte ; il s'y arrêtoit : il auroit voulu le voir ; il auroit voulu compter les coups qui tomboient sur lui , & entendre ses cris.

O toi ! qui as détourné ta face du Rédempteur du monde, Muse de Sion, accorde ta lyre sur le ton le plus lamentable, pour chanter la flagellation, le roseau, le manteau de pourpre, & la couronne d'épines.

Une troupe barbare de satellites rassemblés autour de lui , le deshabillent brutalement. Ainsi dans un désert brûlant où ne coule aucune source d'eau vive, l'ouragan dépouille de ses feuilles un arbre unique, l'asyle du voyageur. Ils l'entraînent, l'attachent à une colonne, le sang coule sous leurs coups. O Eloa ! tes yeux le virent, & la douleur te fit tomber des cieux sur la terre. Ils l'enveloppent ensuite dans un manteau de pourpre , lui mettent un roseau à la main, & lui enfoncent fur la tête une couronne d'épines, qui fait ruiffeler le fang de tous côtés. Éloa, de la pouffiere fur laquelle il étoit, lui adreffoit des prieres… enfuite…. Mais ma main tombe le long de ma lyre ; je ne peux chanter plus long-tems les fouffrances du Fils de l'Eternel !

Pilate touché de ce fpectacle, voulut effayer encore une fois de ramener le peuple à la compaffion qu'il éprouvoit lui-même. Il fit figne à Jefus de le fuivre. Il fortit du palais, & alla à Gabbatha : Jefus le fuivit, mais avec peine & d'un pas chancelant. Les Juifs le virent venir de loin. Pilate faifant un gefte de la main, derriere lui, & élevant la voix, leur dit : « Je le conduis vers vous, ô » Ifraëlites, pour vous dire encore une » fois, qu'il n'a pas mérité la mort. » Jefus approcha alors ; & ils le virent avancer vers le tribunal, couvert du manteau de pourpre, & une couronne d'épines fur fa tête enfanglantée. Il s'arrêta ; & Pilate s'écria du ton de la compaffion :

» Voilà l'homme !…. » Dans le moment où Pilate difoit ces mots, le Rédempteur tranquille, donna des or-

dres aux anges qui trembloient autour de lui. Ils lurent fur fon front
divin ce qu'il vouloit leur ordonner
au fujet de fes difciples & des autres
élus. C'étoit des confolations fecretes
& céleftes, de la réfignation & de
l'adouciffement dans leur affliction,
lorfque fon fang couleroit du haut de
la croix ... & lorfqu'il feroit mort ....

Pilate avoit efpéré fléchir le cœur
du peuple ; mais les Juifs lui montre-
rent bientôt à quel point ils étoient
infenfibles. Ils jetterent des cris épouvantables, & ceux des prêtres retentiffoient au-deffus du rugiffement de la
multitude qui cria de nouveau : « Cru-
»cifie-le ! Crucifie-le ! » ... Prenez-le
»donc, dit Pilate indigné, & cruci-
»fiez-le. Pour moi, je ne le trouve pas
»coupable.» Après avoir dit ces mots,
il s'en alla.

Caïphe courut après lui, & lui dit :
»Notre loi l'a condamné : elle ordonne
»qu'il meure, puifqu'il a ofé fe don-
»ner pour le Fils de Dieu.» Le nom
de Fils de Dieu fit trembler le payen : il
retourna fur fes pas ; & plein de trouble il demanda à Jefus :

»Parle ; d'où es tu? » L'Homme-Dieu
E ij

ne répondit rien. Pilate fe fâcha &
lui dit : «Tu ne me réponds pas? Ne
» fçais-tu pas que ta vie & ta mort
» font en ma puiffance ?... Tu ne l'au-
» rois pas, cette puiffance, lui dit Jefus,
» fi elle ne t'avoit été donnée d'en-haut.
» Tu en abuferas ; mais ceux qui t'en
» follicitent, font encore plus coupa-
» bles que toi. »

Pilate revint vers l'affemblée qui,
à fon air enflammé, devina ce qui le
ramenoit. On fe hâta de le prévenir en
lui criant : «Si tu abfous ce féditieux,
» tu n'es pas ami de Céfar ; car celui
» qui prend lui-même le titre de Roi,
» fe révolte contre Céfar.»

Pilate fentit l'infolence & l'artifice de
ce difcours ; mais comme il n'avoit pas
l'ame affez élevée pour ofer quelque
chofe de grand, il prit le parti de traiter
ces hommes atroces avec dérifion. Les
barbares fe faifirent de Jefus, le conduifirent en triomphe à la mort, &
le foible Romain fe retira fans bruit
dans fon palais.

Fin du Chant VII.

CHANT HUITIEME.

ARGUMENT.

*Eloa descend du thrône de Dieu, &
publie à travers les cieux, que le Réconciliateur va être conduit à la mort. Il
range les anges autour de la montagne
de Golgotha. Il consacre la colline à
la mort du Médiateur. Il adore, du
haut de Golgotha, le Messie qui s'approche en portant sa croix. Gabriel
conduit les ames des patriarches sur la
montagne des oliviers. Adam aborde la
terre le premier, & lui adresse la parole.
Satan & Adramélec planent d'un air
triomphant au-dessus du Messie. Eloa
leur ordonne de s'éloigner. Ils sont précipités dans la mer Morte. Jesus arrive
au pied de Golgotha. Il parle à ceux
qui pleurent sur lui. Il est sur la colline.
On dresse la croix. La terre est ébranlée dans ses fondemens. L'Homme-
Dieu est encore auprès de la croix.
Adam lui adresse des prieres. Les bourreaux approchent. Les astres annoncent
dans toute l'étendue des cieux le moment du crucifiement. Toute la création*

s'arrête. Jesus est crucifié. Il jette les yeux sur le peuple, & demande grace pour lui à son Pere. Conversion d'un des malfaiteurs. Uriel 'cute l'ordre qui lui avoit été donn l conduit & place le globe où sont les ames avant la naissance de leurs corps, devant le soleil qui est éclipsé. Le tremblement de la terre se fait sentir à sa surface. Souffrance du Réconciliateur sur la croix. Uriel fait descendre sur la terre les ames des hommes qui sont à naître. Eve apperçoit ces ames. Le Rédempteur voit ces ames, & jette sur elles un regard plein d'amour. Ses souffrances. Forte secousse d'un tremblement de terre, qui va toujours en augmentant. Elle est suivie d'un ouragan, & celui-ci d'un coup de tonnerre, qui tombe sur la mer Morte. Eloa monte au ciel pour voir la face du Juge. Il est rencontré par deux anges de la mort envoyés de Dieu. Les deux anges de la mort arrivent, & font sept fois le tour de la croix. Impression que l'arrivée de ces anges fait sur les patriarches, & particulièrement sur Eve. Sa douleur, sa prière. Un regard du Réconciliateur la tire de son accablement, & lui rend le repos de la vie éternelle.

CHANT HUITIEME.

O TOI qui, jadis au pied de la montagne fainte, vis le plus faint des chantres de Jéhova, & qui t'inftruifis en l'écoutant, lorfqu'infpiré par l'Efprit éternel, il chantoit celui que le Juge fuprême abandonna, la plus grande des victimes que jamais la mort ait frappée, Mufe de Sion, redis-moi les chofes céleftes que tu as apprifes ! Viens, fers de guide à ton difciple tremblant, qui s'eft confacré à toi ; & fais-le pénétrer dans la nuit profonde qui environne Jefus fur la croix. Les horreurs du fanctuaire me glacent d'effroi : je veux voir l'Homme-Dieu mourant ; je veux voir fes yeux fe fermer, la pâleur de la mort étendue fur fa face divine, & compter le nombre de fes plaies.... Je veux te voir couler, fang de la réconciliation : je veux voir le Fils du

Tout-puissant pencher sa tête dans la nuit du trépas.

Eloa, après s'être éloigné de la face du Juge, descendit des cieux d'un vol si rapide, qu'à peine il fut apperçu par les immortels. Il tenoit la couronne céleste dans sa main gauche, & sa droite balançoit la trompette. Il l'embouche; toutes les spheres retentissent. Le séraphin crie à travers les cieux: » Célébrez ! Que les soleils fassent mon- » ter des flammes d'adoration vers le » thrône du Juge ! L'heure est venue! » Célébrez ! L'heure de la mort est ar- » rivée ! Ils conduisent la victime. »

La voix d'Eloa retentissoit encore dans les cieux, que, plus prompt que la vue, il planoit déja sur les hauteurs de Golgotha. Il venoit d'appeller les anges de la terre, qui se rassemblent en hâte autour de lui. Déja leur cercle rayonnant se ferme. Du milieu de ce cercle, Eloa descend solemnelle- ment sur le sommet de la montagne, & s'y arrête. Il incline trois fois sa face jusques sur la poussiere de la colline, en adorant profondément : il se releve, étend les bras, & fixe ses regards sur le Messie qui étoit encore éloigné.

Suivi de toute la Judée, il portoit les
iniquités des hommes, fardeau plus
lourd que celui de fa croix !... C'eft
dans cet état que le vit Eloa qui, tenant un bras élevé au-deffus de la colline, dit :

»Ecoutez-moi, cieux, & réjouiffez-
»vous ! Enfer, écoute-moi, & frémis !
»Au nom de celui qui va être récon-
»cilié, au nom du Rédempteur qui
»vient pour verfer fon fang, au nom
»de l'Efprit faint qui régénere les pé-
»cheurs, les crée de nouveau, & les
»transforme en juftes : Montagne, je te
»confacre pour la mort du Fils. Saint,
»faint, faint eft celui qui a été, qui
»eft, & qui fera ! »

C'eft ainfi qu'Eloa confacre la montagne, & refte étonné lui-même de
l'action qu'il vient de faire. L'éclat dont
brilloit l'immortel, fe change en une
lueur fombre : il fe laiffe tomber, les
mains jointes, vers l'Homme - Dieu
qui traînoit fa croix d'un pas pénible
& chancelant ; il fe jette la face contre terre, & l'ad re en lui adreffant ces
mots : « O toi ºui t'approches de l'a-
»tel où t'attend ça plus belle & la plus
»myftérieufe des [morts, Ami des hom-

E v

» mes , leur Créateur , mais cependant
» né comme eux , pour devenir la proie
» du tombeau, Enfant de Bethléem!...
» tu y répandis des larmes, & nous
» y chantâmes des cantiques à ton
» honneur! Tu t'abaisses jusqu'à mourir
» sur Golgotha , & l'admiration nous
» rend muets? O Fils! Fils de Dieu!
» &.... d'une mortelle ! Incréé ! toi
» qui vas consommer ce qu'il y a de
» plus grand, de plus sublime & de
» meilleur ! Restaurateur de l'inno-
» cence ! toi qui, après avoir rappellé
» les mortels à la vie, vas détruire l'em-
» pire de la mort éternelle ! Juge du
» monde, ou, si tu aimes mieux le nom
» què te donnent les hommes, Agneau
» immolé pour leur salut, entends mon
» humble priere ; entends la voix d'un
» être fini qui t'adore du sein de la
» poussiere sur laquelle ton sang sera
» bientôt répandu ! Lorsque tes yeux
» se fermeront , que la pâleur de la
» mort se répandra sur ton front divin,
» que les cieux épouvantés frémiront
» & reculeront à cet aspect, & que
» Jéhova sera le seul dont le regard
» puisse se fixer sur son Fils mourant,
» enveloppe-moi alors des ombres de

»la nuit suspendue sur ta tête, & dans
»laquelle tu dois exhaler le souffle de
»ta vie; daigne me soutenir; empê-
»che que, dans mon effroi, je n'aille
»chercher un asyle sous les tombeaux
»de la terre ; & lorsque la nature
»épouvantée chancelera autour de moi
»dans les horreurs des ténebres, per-
»mets que mon œil timide puisse te
»contempler dans les bras de la mort.
»O mort ! mort du Fils de l'Eternel, tu
»approches. Depuis le premier mor-
»tel jusqu'aux derniers des descendans
»d'Adam qui naîtront un moment avant
»le jugement universel ; & dont le son
»de la trompette fera passer la tendre
»vie comme un souffle léger, tu les
»racheteras tous, lorsque, créateur une
»seconde fois, tu auras crié : TOUT
»EST CONSOMMÉ ! Mort ! ô mort
»du fils ! Et toi, sang de l'immolé !...
»Bonheur ! Bonheur aux ames rache-
»tées ! Je les vois marcher en triom-
»phe & pousser des cris de joie ! Leurs
»vêtemens sont purifiés dans le sang
»de la victime ! »

Eloa se releve & distribue les anges de la terre autour de Golgotha.
Les uns s'assemblent sur des nuages

suspendus & planent sur le vaste sommet de la montagne : d'autres s'arrêtent sur les cedres & suivent, absorbés dans de profondes méditations, le mouvement incertain de leurs cimes : tandis qu'Eloa se tenoit au haut du temple. Cette armée formidable des ministres de la Providence qui gouverne tout du fond de son sanctuaire éloigné, formoit un cercle immense. On y voyoit les anges de la mort & du jugement dernier ; ceux qui, en général, présidoient au sort des hommes ; ceux qui devoient être les protecteurs des Chrétiens à venir ; & les premiers de tous les génies célestes, puisqu'ils étoient destinés à être les protecteurs des martyrs. Leur place est à côté du thrône de celui pour qui les martyrs versent leur sang.

Gabriel, que le Messie avoit envoyé au soleil, y arrive en agitant les airs d'un murmure argentin ; il se présente devant les ames des patriarches, & leur dit :

» Approchez, peres des humains ;
» regardez, (en montrant de sa droite
» tremblante ;) le voilà celui qui va
» expier les péchés : il traîne sa croix

»vers la colline, vers la colline de la
»mort ! Cette colline plus élevée
»dont la double cime touche aux
»nuës, eſt celle où il a ſubi ſon pre-
»mier jugement. C'eſt ſur celle-ci que
»vous allez lui voir répandre ſon ſang
»pour vos enfans & pour vous. Venez,
»heureux rachetés. Les deſcendans de
»vos deſcendans que la naiſſance n'a
»pas encore appellés au bonheur d'être
»un jour immortels, il ſe hâte de les
»réconcilier auſſi. »

Ainſi leur parla le ſéraphin avec
feu ; & les patriarches, muets de douleur & de joie, le ſuivirent. Ils preſſent
leur vol, dont la rapidité ne le céde
qu'à celle de la penſée qui s'élance du
fond d'une ame pieuſe & s'éleve à travers les aſtres juſqu'au thrône de Dieu.
Gabriel conduiſoit cette troupe brillante : bientôt elle arrive ſur la montagne des oliviers. Adam y deſcend le
premier, ſe proſterne, & baiſe la
terre.

» O terre ! s'écrie-t-il, mon pays ma-
»ternel, je te revois après tant de ſié-
»cles ! O ma mere ! ô toi qui reçus
» dans ton ſein paiſible ma dépouille
»mortelle, je te revois, & je te ſalue !

» Débris de ma trifte poftérité, offe-
» mens difperfés, je vous falue. Vous
» reffufciterez; & vous, heures facrées,
» heures de triomphe & de félicité qui
» approchez, quel nom vous donne-
» rai-je? Vous allez faire difparoître la
» malédiction fous laquelle la terre
» gémiffoit; & fes champs dévaftés re-
» tentiffent déja de la bénédiction de
» celui qui va verfer fon fang. Il vient,
» il vient, cet augufte Enfant de la
» terre; le Très-Saint vient & s'avance
» vers la mort. »

Ainfi parla Adam, en s'efforçant
d'étouffer dans fon cœur la douleur
célefte qui, malgré lui, fe mêloit à
fa joie. Éloa, qui étoit fur le temple,
vit arriver les patriarches; &, en portant les yeux d'un autre côté, il apperçut Satan & Adramélec qui planoient
au-deffus de la croix avec une fatisfaction féroce, Satan s'applaudiffant de
l'ouvrage qu'il avoit achevé, & l'un
& l'autre de ce qu'ils fe propofoient de
faire encore. Éloa voit ces efprits rebelles, élevés au-deffus des nuës qui
environnent la terre roulante, mefurer
par leur vol circulaire la vafte étendue
des cieux. Auffi-tôt il s'éleve au-def-

fus du temple dans tout l'éclat de sa majesté, & marche contre ces pécheurs éternels. Revêtu de toute sa splendeur, pour le plus solemnel & le plus augufte de tous les jours, il étoit environné des terreurs de Dieu : l'air le plus pur se formoit en orage devant ses pas, & retentiffoit comme la marche d'une armée sous laquelle tremblent les rochers qu'elle franchit. Ainsi s'avançoit l'Immortel, précédé du bruit de la foudre. Les rebelles l'apperçurent, & l'entendirent venir : ils voulurent en vain cacher leur effroi; ils reflerent immobiles. Tels on voit dans les dernieres profondeurs des enfers deux énormes rochers couverts de ténebres. Eloa hâte son vol, arrive près d'eux, & leur dit : « Vous dont l'a-»byme seul doit prononcer le nom »détesté, vous voyez ce cercle lumi-»neux que forment les immortels : »fuyez de cette augufte enceinte, & »purgez ces lieux faints de votre afpect »odieux. N'en approchez pas d'auffi »loin que vous verrez s'étendre sur »la terre, ou s'élever dans les cieux »les plus foibles rayons de la lueur

»émanée des bienheureux. Voilà les
»limites que je vous prescris. » Semblables à deux orages qui descendent
obscurément le long de deux montagnes, & qui vont se briser & se dissi-
per contre un orage plus fort qu'eux,
ainsi l'orgueil de Satan & la fureur
d'Adramélec s'évanouirent contre la
majesté d'Eloa. Tout ce que la rage
a d'effroyable & la vengeance d'audacieux, étoit empreint sur leurs
fronts ridés & rouloit dans leurs yeux
enflammés. Eloa les fixant d'un regard
impérieux leur dit :

» Taisez-vous, & fuyez ! Si je dé-
»ployois contre vous la force victo-
» rieuse dont Jéhova a armé mon bras,
» je vous ferois rentrer dans les som-
» bres abymes de la nuit; mais je viens
»au nom de ce Fils d'Adam, que vous
» voyez porter sa croix. Au nom du
»vainqueur des enfers, disparoissez!...
Les esprits de ténebres s'enfuirent à
ces mots redoutables; l'effroi suit leurs
pas précipités : ils vont, dans leur désor-
dre, chercher un asyle dans la mer
Morte, sous les ruines de Gomorre.
Les anges & les patriarches les virent

fuir; & le féraphin Eloa, rayonnant de lumiere, revint s'abbatre fur le faîte du temple.

Jefus épuifé de fatigues, étoit arrivé auprès de la montagne de Moria, & chancela au pied de la colline. Les troupes fanguinaires contraignirent un voyageur qui defcendoit le long de Golgotha, de l'aider à porter fa croix. Une partie du peuple qui le fuivoit, ému de compaffion, verfoit des larmes fur fon fort; ames douces & fenfibles, mais qui, enyvrées des délices du monde, connoiffoient à peine l'Homme divin fur lequel elles pleuroient. Leur compaffion paffagere n'étoit qu'une impreffion momentanée, occafionnée par la vue d'un mortel qui fouffre : elle n'avoit rien de noble; elle ne venoit que des fens. Le Meffie entendit leurs plaintes, fe tourna & leur dit :

» Pourquoi les filles de Jérufalem »pleurent-elles ? Ne me pleurez pas, »pleurez fur vous-mêmes & fur vos en-»fans; car les jours de la calamité ap-»prochent. Dans ces jours redouta-»bles, elles s'écrieront: Heureufes les »femmes qui ont été ftériles! Heureufes »les entrailles qui n'ont point conçu,

» les mammelles qui n'ont point alaité !
» Alors elles diront aux montagnes :
» Tombez fur nous ; & aux collines :
» Couvrez-nous ! Car si cela m'arrive à
» moi, qu'arrivera-t-il aux pécheurs ? »

Il atrive fur le haut du grand autel :
il leve les yeux vers le Juge.... Les
bourreaux le déchargent de fa croix,
qu'ils élevent parmi les offemens des
morts... La croix eft dreffée. Ce jour
confacré, ce jour folemnel, luit encore
doucement. Tous les êtres créés refpiroient encore avec allégreffe le fouffle
vivifiant de l'air... Mais bientôt la terre
tremblante commence à fentir dans fon
fein une légere fecouffe qui fe communique jufqu'aux profondeurs les plus
éloignées. Les tempêtes s'étendent fur
la face friffonnante du globe confterné,
& mugiffent dans les cavités des rochers fufpendus. La croix chancele, &
l'Homme-Dieu refte au pied de la
croix.

Adam le voit, & ne peut plus fe contenir : le regard animé, les cheveux
épars, les bras tendus & tremblans, il
s'avance rapidement jufqu'au penchant
de la montagne, & fe jette à terre....
Tandis qu'il étoit ainfi profterné, le

ciel s'embrase tout-à-coup à fes yeux qui n'étoient plus des yeux mortels. Il refte étendu fur la terre qu'il baigne des larmes de fa joie. La joie, la vie éternelle, la douleur, l'étonnement agitent fon cœur tour-à-tour ; ces fentimens qui le rempliffent, lui rendent l'ufage de la voix : fon cœur s'épanche en prieres. Les cercles des anges entendirent ces paroles du pere du genre humain :

» Non, le féraphin ne peut te don-
»ner un nom digne de toi ! Les im-
»mortels ne peuvent penfer à l'excès
»de ton amour, fans répandre des
»larmes. Quand ils penfent à tes per-
»fections, ils fe taifent & adorent. Je
» te donne le nom de Fils, & je me tais
»& je pleure avec eux ! Jefus-Chrift
»mon Fils ! lui, mon Fils ! ... Mon
» ame peut-elle fupporter tant de
»gloire ?... Hélas ! pourra-t-elle auffi
»fupporter tant d'affliction ? ... Jefus-
»Chrift, mon Fils ! ... O vous qui exif-
»tiez long-tems avant moi, mais qui
» n'avez exifté que long-tems après lui,
»Anges, tournez vos yeux vers lui,
»regardez-le, c'eft mon Fils ! Je te bé-
» nis, ô terre ! ô pouffiere d'où j'ai été

» tiré ! ô joie inexprimable ! joie
» seule remplit entiérement le cœur
» immortels ! Pensée de la création
» pensée céleste & digne de Jéhova ! t
» es sortie de son sein, & tu as répand
» la vie. Tu as créé Adam ; tu l'as tir
» de la poussiere pour en faire le pere d
» l'Eternel !... Arrête-toi, mon ame
» connois & sens toute l'étendue, l'é
» tendue sans bornes de ton bonheur!..
» Cieux, quels momens ! quels mo
» mens que ceux qui s'écoulent à pré
» sent ! Chacun de ces momens est di-
» vin ; chacun porte sur ses aîles rapide
» des éternités de béatitudes ; & Adam
» jouira de toutes ! Déja ce moment
» n'est plus ; cet autre est passé aussi :
» d'autres plus sublimes s'approchent
» toujours de plus en plus. O cieux !
» prêtez-moi vos voix. Que mes cris
» fassent entendre à toutes les créations
» que la victime touche aux portes de
» la mort ! Eleve ta tête, ô race hu-
» maine ! releve-toi de la poussiere,
» & adore. Le Très-Saint est auprès du
» tombeau ouvert ! Mes enfans, ah!
» mes enfans ! vous êtes l'objet de son
» amour : il vous réconcilie. O en-
» fans d'Adam ! venez le contempler

dans les bras de la mort ! Que ceux qui habitent les palais couverts d'or, quittent leur couronne & viennent. Que ceux qui habitent des cabanes d'argille, couvertes de chaume, laissent leur humble demeure, & viennent. Mais hélas ! ils n'entendent pas ma voix, la voix de leur pere qui les aime.... Vous qui êtes la proie de la corruption, & que les ombres de la mort couvrent dans vos tombeaux, vous ne l'entendez pas non plus.... C'est toi , ô le plus miséricordieux, comme le plus grand de tous les êtres! c'est toi qui t'offres volontairement ; c'est toi qui veux consommer le sacrifice sanglant... Quelle douleur s'empare de mon ame... il marche, il vole à la mort!... Dieu puissant, fortifie-moi, étends ton bras vers cet être fini : soutiens Adam, soutiens le premier des pécheurs , ô Jehova ! Juge du monde, toi qui l'abandonnes aux coups de la mort ! »

Ainsi parla le pere des humains. Alors le Messie s'approcha plus près de la croix, leva sa main, s'en couvrit le visage, s'inclina profondément, prononça des paroles qu'aucun sé-

raphin n'entendit, & qu'aucun êtr
créé ne pourroit comprendre. Jéhov
lui répondit du thrône du jugement té
nébreux. A sa réponse, les profon
deurs du Saint des Saints retentirent
& le tribunal du Juge trembla. Les bou
reaux s'approchent de Jesus. Dans c
moment, tous les mondes, avéc un brui
qui retentissoit au loin, parvinrent a
point de leur course circulaire, d'o
ils devoient annoncer la réconciliation
Ils s'arrêtent : insensiblement le mou
vement des poles se ralentit, & cess
tout-à-coup. Un vaste silence régnoi
dans toute l'étendue de la création.
marche de tous les globes suspendu
annonçoit dans les cieux les heure
du sacrifice. Tu t'arrêtas aussi, habita
tion des pécheurs, séjour couvert d
tombeaux ! La tombe de celui qui a
loit répandre son sang, s'arrêta ave
toi ! Les anges interdits étoient atten
tifs à ce qui alloit se passer.

Jéhova jetta un coup d'œil sur l
terre, la vit prête à s'abymer, & la re
tint. Lui qui a toujours été & qui se
à jamais, Jéhova, le Dieu Jéhova avoi
ses regards fixés sur Jesus-Christ…
les bourreaux le cruçifierent !..O toi

qui es immortelle comme la troupe
célefte qui le contemploit ! toi qui
verras un jour les plaies dont il fut
couvert, incline - toi profondément
au pied de la croix, embraffe-la, &
voile-toi, ô mon ame ! jufqu'à ce
que le fentiment de ta douleur te per-
mette de parler.

· A ce fpectacle terrible, les anges
& les patriarches ; les yeux fixés fur le
Meffie crucifié, reftoient dans un morne
filence. Le calme effrayant qui régnoit
dans toute la nature, étoit l'image de la
mort : on auroit dit qu'elle venoit d'en
détruire tous les habitans, & que rien
d'animé n'exiftoit plus dans aucun
monde. Mais lorfqu'il commença à
lutter contre les horreurs du trépas,
& que fon fang commença à couler,
un fentiment plus vif fuccéda dans
l'ame des féraphins : ils pleurerent,
pousserent des cris d'admiration, & les
cieux retentirent de leurs adorations
nouvelles. Alors Eloa, après avoir con-
templé plufieurs fois fon Maître enfan-
glanté, s'éleva dans les airs, environné
d'un éclat dont aucun immortel ne l'a-
voit encore vu revêtu, & s'écria : « Son
» fang coule ! » Il vole de-là dans les

profondeurs de l'immensité, & crie de nouveau : « Son sang coule ! » Planant ensuite au milieu des airs, dans une admiration silencieuse, il revint vers la terre. Tandis qu'il traversoit la création, il vit sur les globes des soleils les premiers des anges auprès de leurs autels d'or, d'où s'élevoient, vers le thrône du Juge, des flammes semblables à l'aurore. La lueur des feux qui consumoient les offrandes, images du sacrifice sanglant de la croix, se répandoit dans toute l'étendue de la création. Quel spectacle céleste ! C'est ainsi que les septante vieillards du peuple chéri de Dieu virent sur le mont Sina la Majesté de l'Eternel ; ou ainsi s'éleva du tabernacle où reposoit le Saint des Saints du Dieu révélé aux mortels, cette colomne de flammes dans des nuages tonnans, qui guidoit le peuple saint dans sa marche.

L'Homme-Dieu baigné dans son sang, jetta les yeux sur le peuple de Juda, dont la foule remplissoit l'espace depuis Jérusalem jusqu'à la croix. Il s'inclina, & s'écria : « Mon Pere, par» donnez-leur, ils ne sçavent ce qu'ils » font ! » Ce cri d'humanité retentit le long

long de la montagne. Une partie des spectateurs touchés de ces paroles atten-drissantes, regardoient, avec une admi-ration muette, son sang qui ruisseloit, & la pâleur meurtriere de la plus horri-ble des morts se répandre lentement sur sa face divine. C'est-là tout ce que pou-voient voir des yeux mortels ; mais ceux des saints voyoient des choses plus admirables. Ils voyoient la main im-puissante de la mort frapper en vain ses coups les plus redoutables , pour tran-cher le fil d'une vie qui ne pouvoit cesser que par l'ordre de Dieu même. Ils voyoient les frissons intérieurs qui par-couroient tout son corps expirant. Ils le voyoient suspendu au haut de la croix , abandonné par son Pere ; ils sçavoient de quel prix inestimable étoit le salut qu'il assuroit par l'effusion de son sang , & quelle réconciliation ce sang devoit faire couler de ces blessures. Alors il éleva ses yeux vers le ciel : il cherche le repos , & n'en trouve point ; cha-que instant lui faisoit éprouver toutes les horreurs d'une mort cruelle !

Le Sauveur avoit été crucifié entre x malfaiteurs ; car par son propre décret , & par celui de l'Eternel , il

étoit deſtiné à ce comble d'ignominie.
Un des meurtriers étoit à ſa droite, &
l'autre à ſa gauche. L'un étoit un pécheur endurci, un ſcélérat blanchi
dans le crime. Il tourna ſon viſage hideux du côté du Rédempteur, & lui
dit :

» Toi ! tu ſerois le Chriſt ? Si tu l'é-
» tois en effet, tu nous ſecourrois, tu
» te ſecourrois toi-même ! tu deſcen-
» drois de cet arbre que Dieu a mau-
» dit. »

L'autre criminel, malheurèux jeune
homme, égaré par des pervers, dès la
fleur de ſes ans, plus que par la corruption de ſon cœur qui n'étoit pas
méchant, s'étoit laiſſé entraîner au
crime : il s'arracha pour un moment
au ſentiment de ſon malheur, ſe tourna
vers ſon camarade, & lui fit ces reproches :

» Quoi ! ſi près de la mort, ſi près
» de la damnation qui nous attend,
» hélas ! tu ne crains pas Dieu. Nous
» avons mérité de ſouffrir ce que nous
» ſouffrons, notre ſupplice eſt la juſt
» récompenſe de nos forfaits ; mais ce
» lui-ci, en montrant Jeſus, quel crim
» a-t-il commis ? »

Il se retourna ensuite du côté du Rédempteur, & fit tous ses efforts pour
s'incliner profondément vers lui. Les
efforts qu'il fit, ouvrirent ses blessures,
dont le sang couloit à gros bouillons ;
mais, sans faire attention ni à son sang
ni aux douleurs que lui causoient ses
blessures, il s'inclina vers le Sauveur le
plus profondément qu'il put, & lui dit :
» Ah ! Seigneur, lorsque tu seras dans
» ta gloire, daigne te souvenir de
» moi ! » Jesus mourant regarda le pécheur pénitent avec un visage riant,
& lui répondit :

» Aujourd'hui, je te le dis, tu seras
» avec moi dans le paradis ! » Il entendit
avec transport ces paroles de la vie ;
son ame en fut pénétrée. Dès ce moment, il tint constamment les yeux
attachés sur le Consolateur & l'Ami
des hommes ; il expira en l'adorant.
Avant de rendre son dernier soupir,
il éprouva intérieurement un sentiment
confus de la béatitude éternelle. « Qui
» suis-je ? pensoit-il en lui-même, qui
» suis-je à-présent ? Du comble des ca-
» lamités je passe tout-à-coup au com-
» ble de la joie & du ravissement !
» Qui est donc celui qui est près de

» moi fur la croix ? Un homme jufte,
» un homme pieux ?... Ah ! il eft plus
» qu'homme, il eft le Fils de l'Eternel!
» Il eft l'Envoyé de Dieu ; fon royaume
» eft au-deffus de tous les royaumes
» de la terre !... Mais dans quel état
» d'abaiffement je le vois ! Comment
» a-t-il pu s'humilier jufqu'à ce genre
» de mort ? Comment daigne-t-il def-
» cendre jufqu'à moi ? Mon efprit
» n'eft pas capable d'approfo... ce
» myftere. Mais il m'a créé de nou-
» veau ; je le fens au moment où la
» mort va couper le fil de ma vie ! Gra-
» ces te foient rendues ! Sois à jamais
» adoré par moi, ô toi que je ne com-
» prens pas ! Mortel divin, plus divin
» que le premier des anges ! Un ange
» n'auroit pu me créer de nouveau, ni
» répandre dans mon ame les fentimens
» fublimes qui l'élevent vers Dieu!
» Oui, tu es plus que tous les efprits
» céleftes : tu es divin ; & je fuis à toi
» pour jamais ! » Ces penféesle conduifirent dans un raviffement qui fe répandoit fur tous les objets qui l'environnoient. Le repos de Dieu même
étoit defcendu fur lui. Le Meffie fit un
figne, auquel un des féraphins quitta

promptement le cercle qui brilloit autour de Golgotha, & se rendit au pied
de la croix. Un autre signe lui fit comprendre cet ordre :

» Séraphin, amene vers moi ce ra-
» cheté dès qu'il sera mort. » Le séraphin, c'étoit l'invincible Abdiel, retourna en diligence au cercle des anges. Un ange de la mort gardoit à sa
place les portes de l'enfer, par ordre
de Dieu. Tous les anges s'assemblerent
aussi-tôt autour de lui, & lui demande-
rent de quoi le Médiateur l'avoit chargé.
» J'ai reçu l'ordre, leur dit-il avec
» des transports de joie, de conduire
» après sa mort ce pécheur pénitent
» vers le Rédempteur. Concevez-vous
» l'excès de ma béatitude ? Conduire à
» son Réconciliateur un pécheur sauvé,
» & sauvé à l'heure même où la Vic-
» time répand son sang pour le salut
» des mortels ! une ame à présent si
» pure ! une ame lavée dans le sang
» du Sauveur, & rendue à l'Éternel !
» ô mes amis ! bénissez-moi ! »

Cependant Uriel, le gardien du soleil, se tenoit depuis long-tems sur les
montagnes de ce globe enflammé, prêt
à prendre son vol. Le moment de rem-

plir les ordres qu'il avoit reçus, ar
rive, & il s'élance à travers les cieux
Il prend son essor vers un astre qu
Dieu lui avoit désigné, avec ordr
de l'amener devant le soleil, afin qu
le sang du Rédempteur coulât & qu
sa vie s'exhalât sons un voile plu
sombre & plus effrayant que celui d
la nuit. Déja le séraphin touchoit à u
des poles de cet astre, destiné à être l
séjour des ames, avant que la naissanc
des corps mortels qu'elles doivent ani-
mer, les appelle sur la terre que no
habitons. Uriel contempla ce nombr
infini des ames de la race humaine future ; & nommant l'astre par son no
immortel, il lui dit :

» Adamida, écoute ce que te pres-
» crit celui dont la main t'a semé dans cet
» espace infini ! Sors de ton orbite, vol
» vers le soleil ; & par la vaste étendue
» de ta masse, empêche aucun de ses
» rayons de parvenir jusqu'à la terre. »

Tous les cieux entendirent cet ordre. Dès que la voix du séraphin eut
cessé de retentir dans les montagnes
d'Adamida, l'astre aussi-tôt change, en
criant, la direction de ses poles tonnans,
& avec la rapidité effrayante des ora-

ès qui se précipitent, avec le fracas
horrible des nuages qui se heurtent &
vomissent la foudre, des montagnes
qui s'écroulent, des mers qui mugissent, il vole où l'appelle l'ordre du
Tout-puissant. Toute la nature interdite
resta sans mouvement. Uriel qui se tenoit sur un des poles de l'astre, n'entendit pas le bruit de sa course, tant son
esprit étoit absorbé dans la méditation
de ce qui se passoit sur Golgotha. Adamida arrive auprès du soleil : les ames
qui l'habitoient, s'étonnerent à la vue de
cet astre radieux, & s'éleverent dans
les nuages qui remplissoient la région
qui étoit entre lui & l'astre de leur séjour. Adamida parvenu au soleil, sus-
pend la rapidité de son vol bruyant : il
se meut lentement ; & par ses mouvemens insensibles & mesurés il en occupe toute la face & en intercepte tous
les rayons.

Bientôt l'obscurité couvrit la terre
où regnoit un profond silence, & ce
silence morne augmentoit avec les ténebres & l'inquiétude. Les oiseaux devenus muets, s'envolerent au fond des
forêts. Les animaux chercherent un
asyle dans les cavernes & les fentes des
F iv

rochers. La nature entiere étoit enſ
velie dans un calme ſiniſtre. Les hom
mes reſpiroient avec peine un air qu
n'avoit plus de reſſort, levoient le
yeux vers le ciel où ils cherchoien
en vain la lumiere : l'obſcurité aug
mentoit de plus en plus ; elle devin
univerſelle & plus effrayante, lo
que l'aſtre eut entiérement occupé l
diſque du ſoleil. Toutes les plaine
de la terre furent enveloppées dans les
horreurs d'une nuit épouvantable.

Cependant Jeſus étoit ſuſpendu a
haut de la croix, & le ſang & la ſueur
de la mort couloient de ſes membres
mourans. A cet aſpect, la nature muette
étoit dans cet état d'étourdiſſement &
de conſternation qu'éprouve un ami
vertueux qui apprend qu'une mort pré-
maturée vient de lui enlever ſon ami;
ou comme un citoyen généreux demeure immobile,& contemple d'un œi
ſtupide & qui ne peut verſer de larmes, la triſte & reſpectable dépouille
d'un concitoyen magnanime qui vient
de mourir pour la patrie. Mais bientôt la douleur le réveille, & le tire
avec violence de ſon état d'accablement. Ainſi la terre ſortit de ſon en-

pourdiſſement : Golgotha fut agitée juſqu'au pied de la croix , & les ſecouſſes
qu'elle éprouva, firent ſortir des plaies
de la Victime un nouveau torrent de
ce ſang qui devoit conduire le genre
humain à la vie éternelle. Une nuit plus
épaiſſe couvroit la colline de la mort ,
& le temple & la ville de Jeruſalem.
La lumiere des anges même en fut obſ-
curcie. La multitude troublée par la
frayeur, élevoit ſes regards féroces vers
la croix ; & le ſang redoutable couloit,
& commençoit déja-à s'appeſantir ſur
leurs têtes & ſur celles de leurs enfans. Ils vouloient en vain détourner
leurs regards ; la frayeur les rameꞑoit
malgré eux vers la croix.

Uriel deſcendit du pole de la pla-
nete d'Adamida , pour exécuter un
ſecond ordre qu'il avoit reçu touchant
les ames qui l'habitoient. Elles le
virent venir à elles ; ces ſubſtances céleſtes étoient déja revêtues d'un tiſſu
aërien qui imitoit la figure humaine.
» Suivez-moi où je vais vous conduire,
» leur dit Uriel ; les anges ne ſont pas
» étrangers pour vous : vous ſçavez
» qu'ils ſont les miniſtres de l'Infini. Il
» vous envoie vers cette terre que

F v

» l'ombre de votre demeure vient d
» plonger dans les ténebres. Vous all
» le voir ! Son nom sublime, son nom
» divin est Fils de l'Eternel ! Mai
» le bandeau qui couvre encore vos
» yeux, vous empêche de le connoî-
» tre ; bientôt il sera déchiré. Venez,
» ames fortunées, destinées à des joies
» immortelles ; venez, voyez comme
» les cieux interdits autour de vous,
» annoncent par leurs consternation
» la grandeur de cet événement. Tous
» les genoux se plient devant toi, ô
« monarque suprême ! tous les sceptres
» s'humilient, & les couronnes tom-
» bent en ta présence ! C'est pour toi
» que tu créas les ames immortelles ;
» c'est pour toi que tu les réconcilies. »

Uriel prit son vol, & toutes les
ames le suivirent. Ainsi qu'un sage,
conduit par l'enthousiasme de la piété,
s'arrache au tumulte du monde, &,
plein d'une ferveur céleste, court à
grands pas s'enfoncer dans la solitude
des forêts, pour y méditer en silence
sur l'Auteur de son être : ainsi le séraphin hâtoit son vol vers la terre. Il s'en
approche avec son cortege majestueux.
Les patriarches virent dans des nuages

lerés & crépufculans cette légion innombrable d'êtres penfans, & créés
pour l'immortalité. La mere des hommes, dans fon étonnement, détourna
pour un moment de la croix fes regards attentifs. Elle vit tous fes enfans,
les races de tous les fiecles. S'appuyant
fur fa gauche tremblante, elle montra
de fa droite au pere des hommes les
ames de tous les Chrétiens; &, repor-
tant fes regards fur la croix enfanglan-
te, elle s'écria: « Les voilà, les voilà,
» mes immortels enfans! Quel nom
» peuvent - ils te donner, ô toi qui
» répands ton fang pour eux! Enfans
» de la grace, heureux Chrétiens, ah!
» fi vous étiez déja nés ; fi vos meres
» gémiffantes vous conduifoient, parmi
» les pleurs & les fanglots, aux pieds
» de fa croix; fi vous connoiffiez déja
» celui qui meurt pour vous... mais
» vous le connoîtrez un jour... Oui,
» Adam, ils le connoîtront, le Média-
» teur de notre alliance, le Fils de la
» Divinité, la victime de l'amour!
» Ainfi que la tendre fleur tombe fous
» l'effort de la tempête, ainfi les plus
dignes d'entre vous tomberont fous
» le fer des bourreaux, & en tom-

» bant fouriront à la mort. Votr
» mere vous bénit ! Après avoir ét
» les témoins élus de la mort du plu
» grand des humains , vous honorere
» à votre tour l'humanité par la gloir
» de votre mort. Il me femble déj.
» voir la pâleur du trépas s'étendre fu
» vos joues livides, vos yeux s'éteindre
» & le fang jaillir de vos bleffures !..
» O faints martyrs ! votre voix expi
» rante chante encore avec un râlemen
» célefte des cantiques de joie ! »

L'Homme-Dieu leva les yeux,
vit les ames. Il jetta fur elles un regar
touchant de cet amour réconciliateur
de cet amour dont il étoit embraf
jufqu'à répandre, en ce moment, fo
fang fur la croix. Les ames treffailli
rent d'allégreffe, & les anges laiffere
échapper des larmes d'attendriffement
Les couleurs de la vie reparurent u
moment fur le front du Meffie; ma
elles s'éteignirent rapidement, & n
revinrent plus. Ses joues livides f
flétrirent davantage, & fa tête fucco
bant fous le poids du jugement
monde, fe pencha fur fa poitrine. I
fit des efforts pour la relever vers l
ciel; mais elle retomba de nouveau

Les nuages suspendus s'étendirent autour de Golgotha d'une maniere lente
& pleine d'horreur, comme les voûtes funebres des tombeaux autour des
cadavres que la pourriture dévore. Un
nuage plus noir que les autres s'arrêta
au haut de la croix. Le silence, le calme
affreux de la mort sembloit distiller de
son sein ; les immortels même en
frissonnerent. Un bruit inattendu, &
qui n'avoit été précédé d'aucun autre
bruit, sortit tout-à-coup des entrailles de la terre. Les ossemens des morts
en tremblerent, & le temple en fut
ébranlé jusqu'au faîte. Ce bruit étoit
l'avant-coureur de l'orage ; l'orage s'é-
leva en mugissant parmi les cedres, &
les cedres brisés tomboient épars de
tous côtés. Ses fureurs s'étendirent sur
les superbes tours de Jérusalem, &
les tours chancelerent. Cet orage de-
vançoit la foudre ; elle éclate : le coup
étourdissant frappe la mer Morte, dont
les vagues écumantes se soulevent en
bouillonnant & font retentir la terre
& les cieux. A ce spectacle, Eloa con-
çut & exécuta le dessein de voir face
à face l'Eternel, tel qu'il étoit, dans
ce moment, environné des ténebres

de sa Majesté redoutable. Après avoir adoré trois fois le Messie crucifié, il monte au ciel en diligence. Il étoit déja dans le voisinage des soleils, qu'à peine il reconnoissoit le chemin céleste ; tant les ténebres qui l'environnoient, étoient épaisses. Il rencontra sur sa route deux anges de la mort, dont la face étoit voilée.

Cependant le silence étoit retabli sur la terre, & les hommes vivans, les morts, & ceux qui devoient naître, avoient les regards fixés sur le Rédempteur. En proie à toutes les douleurs, Eve regardoit son fils qui succomboit insensiblement sous une mort lente & pénible. Ses yeux ne s'arrachoient de ce triste spectacle que pour se porter sur une mortelle qui se tenoit en chancelant aux pieds de la croix, la tête penchée, le visage pâle, & dans un silence semblable au silence de la mort. Ses yeux ne pouvoient point verser de larmes : elle étoit sans mouvement... « Ah ! dit en elle-même la » mere du genre humain, c'est la mere » du plus grand des hommes ; l'excès » de sa douleur ne l'annonce que » trop. Oui, c'est l'auguste Marie ; elle

»éprouve dans ce moment ce que
»je fentis moi-même, lorfque je vis
»Abel, auprès de l'autel, nageant dans
»les flots de fon fang. Oui, c'eft la
»mere du Sauveur expirant. » Elle fut
tirée de ces penfées par l'arrivée de
deux anges de la mort, qui venoient
du côté de l'orient. Ils planoient dans
les airs d'un vol mefuré & majeftueux,
& gardoient un profond filence. Leurs
vêtemens étoient plus fombres que la
nuit, leurs yeux plus éteincellans que
la flamme, leur air annonçoit la deftruction. Ils s'avancerent lentement
vers la colline de la croix, où le Juge
fuprême les avoit envoyés. A leur approche effrayante, les ames des patriarches, épouvantées, tomberent fur la
pouffiere de la terre & fentirent l'impreffion de la mort & les horreurs du
tombeau, autant que peuvent les fentir
des fubftances indeftructibles. Les deux
génies redoutables, parvenus à la croix,
contemplent le mourant, prennent leur
vol, l'un à droite & l'autre à gauche; &
d'un air morne & préfageant la mort,
ils volent fept fois autour de la croix.
Deux ailes couvroient leurs pieds, ,
deux ailes tremblantes couvroient leur

face, & deux autres les foutenoient
dans les airs dont l'agitation produifoit
un mugiffement femblable aux accens
lamentables de la mort. C'eft ce bruit
qui tonne aux oreilles d'un ami de l'humanité, lorfque des milliers de morts &
de mourans nagent dans leur fang fur le
champ de bataille, & qu'il fuit, en détournant les yeux. Les terreurs de Dieu
étoient étendues fur les aîles des deux
anges, & retentiffoient vers la terre; ils
voloient pour la feptieme fois, lorfque le Sauveur accablé releva fa tête
appefantie, & vit ces miniftres de la
mort. Il tourna fes yeux obfcurcis vers
le ciel, & s'écria d'une voix qu'il tira
du fond de fes entrailles, & qui ne put
fe faire entendre : « Ceffez d'effrayer
» le Fils de l'homme ; je vous reconnois
» au bruit de vos aîles ... il m'annonce
» la mort.... Ceffe, Juge des mon-
» des ... ceffe... » En difant ces mots,
fon fang fortit à gros bouillons... Alors
les anges de la mort tournerent leur
vol bruyant vers le ciel , & laifferent
les fpectateurs dans une furprife muette,
& des réflexions plus inquiétantes &
plus confufes fur ce qui fe paffoit à
leurs yeux .... & l'Eternel laiffoit tou-

jours sur le mystere un voile impénétrable....

Les anges, les patriarches interdits,
portoient leurs regards errans sur les
tombeaux, sur le ciel, sur eux-mêmes,
& les ramenoient toujours sur la victime suspendue à la croix. Mais aucun
d'eux n'éprouvoit des sentimens aussi
tendres, une douleur aussi vive, que
la mere du genre humain. Tantôt elle
penche vers la terre, vers ce tombeau
de ses enfans, sa tête dépouillée de
sa lumiere; elle étend ses bras vers le
ciel. Tantôt elle presse violemment ses
mains l'une contre l'autre, & les ramene sous son front caché dans la
poussiere. Tantôt elle se releve à moi-
tié, retombe, se releve, regarde autour d'elle, & n'y voit que des ténébres. Enfin sa voix s'ouvre un passage,
& fait entendre ces mots entre-coupés par ses pleurs & ses sanglots :

»Oserai-je te nommer mon fils ?
»oserai-je encore te nommer mon
»fils ?... Ah ! ne détourne pas de moi
»ton œil mourant ! Tu me pardonnas,
»ô mon Rédempteur ! & celui de mes
»enfans !... Les cieux & le thrône
»de l'Eternel retentirent de la voix de

» l'amour qui prononça que la coupable
» mere des humains auroit part à la vie
» immortelle. Mais tu meurs ! helas ! tu
» meurs ! Que mon immortalité , &
» celle de mes defcendans me paroît
» chere à ce prix !... Permets-moi de
» pleurer fur ta mort ! Je fçais combien
» mes larmes font indignes de toi; ce-
» pendant permets que j'en verfe fur
» toi , & pardonne-les moi ! O toi, que
» je vois couvert de plaies fanglantes,
» victime de l'amour le plus pur & le
» plus ardent ! ô mon Rédempteur ! oui,
» tu me pardonnes !... Mais vous, qui
» êtes nés pour la mort, déplorables en-
» fans d'Eve, me pardonnez-vous auffi?
» Si leurs derniers foupirs , fi leurs re-
» gards mourants me maudiffent, tu me
» béniras, ô Immolé !... Ne me mau-
» diffez pas, mes enfans ! Souvenez-
» vous par combien de pleurs & de re-
» grets j'ai expié ma faute. Mes re-
» mords m'ont fuivie au tombeau ; ils
» y font defcendus avec moi... Lorf-
» que la main de la mort opprimera
» votre cœur & le brifera, mes en-
» fans , ne maudiffez pas votre mere.
» Le Sauveur , lui qui eft mon fils
» comme vous , vient de vous retablir

»dáns vos droits ; il vous a rendu l'im-
»mortalité : une meilleure vie, une vie
»éternelle coule pour vous de ses blef-
»fures. Non , vous ne mourrez pas;
»un sommeil léger vous réunira à vo-
»tre Rédempteur. Vous verrez briller
»ses blessures , les blessures de l'Incréé
»qui mourut pour vous... Cependant,
»ô le plus aimé, le plus chéri !...ah! quel
»nom peut te nommer!... tu meurs!...
»Heure triste & terrible , puisses-tu
»être passée ! Cesse de me déchirer les
»entrailles , pensée accablante, pensée
»du tombeau!... Tes joues pâles...
»tes blessures... ton sang... Il meurt!..»
»il meurt!... Sa tête divine tombe dans
»la nuit... Sa respiration... ô mort !
»c'est-là ton cri terrible !... ô mort !
»c'est ta voix effrayante !...Où suis-je?..
»Mais il daigne tourner sa face vers
»moi!... Séraphins , célébrez mon
»bonheur !.. Dites qu'il a porté sa vue
»sur la trop heureuse Eve. Que tous
»les cieux répetent que Dieu a en-
»core tourné une fois sa face sur la
»mere des mortels !... Le repos, la
»douceur de la vie éternelle se répan-
»dent sur moi de nouveau. J'étends
»mes bras ardens, j'éleve mes regards

» enflammés vers mon Créateur, vers
» celui qu'on immole, ô mes enfans !
» mes chers enfans, & je vous bénis
» en son nom; au nom de celui que
» l'immensité ne peut contenir, du
» Restaurateur de l'innocence, du Juge
» de l'univers, qui commande à la vie
» & à la mort; au nom de celui qui
» pardonne au repentir, qui compte
» les larmes de la douleur sincere. Par
» le sang qu'il a répandu, par ses bles-
» sures, par ses souffrances, par ses
» humiliations, par les angoisses de sa
» mort, je vous bénis, mes chers en-
» fans, & je vous consacre à la mort.»

Fin du Chant VIII.

CHANT NEUVIEME.

ARGUMENT.

Eloa arrive du thrône du Juge. Son discours aux patriarches. Conduite des amis de Jesus. Jean & Marie au pied de la croix. Douleur de Pierre. Consolation secrete qu'il reçoit d'Ithuriel. Il cherche ses amis. Tandis qu'il les cherche, il est arrêté par Samma & un étranger qui s'entretenoient du Messie. Il rencontre Lebbée. Douleur de ce disciple pieux. Pierre trouve son frere André, qui lui reproche avec douceur sa défection. Pierre au désespoir, reprend le chemin de Golgotha. Entretien d'Abraham avec Moyse au sujet d'un des voleurs converti. Isaac se joint à l'entretien d'Abraham. Ils prient ensemble. Isaac remarque un chérubin qui conduit des ames vers la croix. Quelles étoient ces ames. Le Messie console par un regard Jean & Marie. Il leur parle. Souffrancès de Jesus. La terre tremble de nouveau. Une caverne souterreine où Abbadona se tenoit caché, en est ébran-

lée. *Il cherche le Messie. Il prend la forme d'un ange de lumiere. Il découvre Jérusalem, & vole au-dessus de l'endroit où les ténebres étoient les plus épaisses. Il entend, en traversant les airs, les rugissemens de Satan & d'Adramélec qui étoient dans la mer Morte. Les anges le reconnoissent malgré son déguisement. Ils le laissent approcher. Ce qu'il éprouve à la vue du Messie crucifié. Il fait tous ses efforts pour n'être pas reconnu d'Abdiel; il en est reconnu & s'envole. Obaddon, ange de la mort, conduit l'ame de Judas auprès de la croix, & lui montre le Messie mourant; il lui fait voir ensuite le séjour des bienheureux, & la conduit après dans les enfers.*

CHANT NEUVIEME.

E N revenant d'auprès du thrône de l'Eternel, Eloa, absorbé dans de profondes méditations, passa, en planant lentement, au-dessus du temple de Jérusalem, & se rendit à l'assemblée des anges & des patriarches.

»Avant que je vous parle, leur dit-il, prions, & adorons.»Tous, à l'instant, se prosternerent la face contre terre, & adorerent en silence. Ils se releverent dans le même silence; Eloa le rompit enfin, & dit:

»O toi , qu'aucun nom ne peut »nommer, qu'aucun être pensant ne »peut concevoir, ô le premier! ... Je »me suis élevé vers toi; j'ai voulu voir »face à face, dans son obscurité & »dans sa majesté redoutable, celui qui »tient entre ses mains le destin de l'u-»nivers. Arrivé près des soleils , ils »avoient perdu leur éclat. Arrivé près

» des poles du ciel , je ne les entrevis
» que par de foibles lueurs qui lut-
» toient contre l'obfcurité. Je m'avan-
» çai vers le thrône; j'y trouvai en-
» core plus de ténebres : elles alloient
» toujours en augmentant.... Mais,
» comment donner une idée de celles
» qui environnoient l'Infini ?... Com-
» ment exprimer le friffonnement qu'on
» éprouve à l'entrée du fanctuaire où
» il réfide ? Je m'y fuis arrêté, & j'ai
» entendu, dans l'éloignement, les tor-
» rens des enfers mugir fous les pro-
» fondeurs de la création. Je m'avan-
» çois lentement, lorfque j'ai été ar-
» rêté par la voix du premier des anges
» de la mort, qui a crié vers moi : Quel
» eft l'être fini qui dreffe fon vol vers
» ces lieux ? La furprife & l'effroi m'ont
» fait reculer, & je fuis tombé fur
» ma face. J'ai adoré dans un profond
» filence celui qui tient le jugement. »
Ainfi parla Eloa, & il fe couvrit de
fes aîles.

Cependant Jefus, la tête penchée
fur fa poitrine, paroiffoit enfeveli dans
un fommeil tranquille. Tout étoit ren-
tré dans le calme autour de lui , & la
fureur de la multitude facrilége fembloit

Noit appaisée, semblable à l'Océan qui
entre paisiblement dans le rivage qu'il
vient de battre de ses vagues soulevées
par la tempête. Ceux qui aimoient le
Messie, erroient dans l'éloignement,
autour de Golgotha, pour le voir encore de leurs yeux mouillés de larmes.
Mais tous s'évitoient, & craignoient
d'irriter leur douleur & de la rendre
plus profonde en se la communiquant.
Le Disciple bien-aimé & la Mere
du Sauveur furent les seuls qui ne se
quitterent pas. Ils resterent constamment au pied de la croix. Celui qui
avoit juré qu'il ne connoissoit pas Jesus, déchiré de remords & ne pouvant trouver aucun repos, avoit erré
pendant toute la nuit & pendant la
matinée. C'est ainsi qu'un fils au désespoir erre sur les bords de la mer, parmi
les débris du vaisseau sur lequel son
pere vient de périr contre un rocher ;
il marche à grands pas, d'un air égaré,
dans un morne silence, & regarde d'un
œil sec & fixe cet écueil funeste : à la
fin il pousse des cris perçans vers le
ciel ; il s'accuse d'être lui-même l'auteur de la mort de son pere qu'il a
abandonné sur le vaste sein des mers !

Partie II.   G

Pierre épuifé de douleur & de fati-
gue, s'arrête fur une des hauteurs de
Golgotha, & laiffe tomber fes bras
anéantis qu'il n'a plus la force de foutenir. Le féraphin Ithuriel, fon ange
tutélaire, ému de compaffion, verfe
dans fon cœur le peu de repos qu'il étoit
en état de lui donner. Le difciple accablé
fe fentit ranimé; il leve fes yeux appe-
fantis, &, d'un regard avide, cherche
autour de lui fes amis pour fe joindre à
eux, pour leur demander quelque confolation, pour les conjurer de lui re-
procher fon crime. Il reftoit dans cette
fituation, & tâchoit de découvrir Jérufalem ; car il n'ofoit porter la vue fur
la colline de la mort ; mais il cherchoit
en vain cette fuperbe ville cachée fous
une nuit impénétrable. A peine, à la
faveur d'une lueur mourante, entre-
voyoit-on confufément le faîte du temple & les tours de la montagne de
Sion. Pierre entendit un bruit fourd,
& fe tourna vers l'endroit d'où il venoit.
C'étoient des étrangers arrivés pour la
folemnité de la fête, & qui accouroient
de la ville pour voir le Prophete fur la
croix. Il fe mêle avec eux, & cherche
les difciples de tous côtés. Tandis qu'il

les cherche en vain, il est arrêté par
la conversation de deux hommes dont
l'un vêtu superbement, & qui paroissoit étranger à son air & à la couleur
de son visage, demandoit à un respectable vieillard, l'image de la candeur
& de la bonté, & qui tenoit son fils
tremblant entre ses bras : « Dites-moi,
»je vous prie, quel crime a donc commis cet homme qu'on a condamné à
»la mort ?»

' » Quel crime il a commis, répondit
» le vieillard ? Ils le font mourir, parce
» qu'il a rendu la santé aux malades,
» la faculté de marcher aux boiteux,
» celle d'entendre aux sourds, & celle
» de voir aux aveugles ; parce qu'il a
» chassé les démons des corps qu'ils tour-
» mentoient, (je lui dois moi-même
» ce bienfait signalé ;) c'est parce qu'il
» a ressuscité des morts, parce que par
» ses discours & son exemple, il nous
» a ouvert les portes de la vie éternelle ;
» c'est enfin parce qu'il est un Homme
» divin ! » ... En disant ces mots, il
apperçut Pierre. « Mais, continua-t-
» il, vous voyez ici, ô étranger ! un
» des mortels chéris dont le Prophete
» avoit fait choix pour les instruire de

» tout ce qui concerne la vérité & le
» culte dû à l'Etre suprême. Instruisez-
» nous vous-même , dit-il en parlant
» à Pierre ; apprenez à cet étranger &
» à moi, pourquoi ils font mourir cet
» Homme célefte ? Rendez-vous à ma
» priere : ne détournez pas vos regards
» de moi. Vous le connoiffiez ; il vous
» aimoit ; vous étiez fon difciple pré-
» féré. Des freres ne peuvent fe chérir
» plus tendrement que Jean & vous
» le chériffiez. »

Pierre détournoit toujours fon vifage, non qu'il craignît d'être connu,
car dans ce moment il feroit mort mille
fois, s'il l'eût fallu. Mais le fouvenir de
Jean le pénétroit de honte & de douleur. « Hélas ! mes amis, leur dit-il en
» bégayant, tout ce que j'ai la force de
» vous dire , c'eft qu'en ce moment
» le plus parfait, le meilleur des hom-
» mes meurt ! »... En achevant ces
mots, il fe perdit dans la foule.

Samma , fon fils Joël, & avec eux
le confident de Candace, que Philippe,
lorfqu'il fut appellé par l'Efprit de Dieu,
plongea dans la fource du falut, mar-
choient avec inquiétude vers Golgotha. Pierre découvrit de loin Lebbée

qui, dans son accablement, se tenoit
appuyé contre un arbre desséché. Il va
vers lui. Il en étoit déja fort près, que
Lebbée ne le reconnoissoit pas encore.
Pierre lui dit d'une voix foible & mourante : « Ah ! Lebbée, l'as-tu vu sur la
» croix ? .... Hélas ! dans ta douleur
» tu as au moins la consolation d'oser
» lever les yeux sur lui ... mais moi...
» mais moi, malheureux ! .... Ah ! par
» pitié, adoucis ma misere ! ... Ici, ici,
» dit-il en mettant la main sur son cœur,
» est une plaie saignante ... un trait qui
» me brûle ... un mot, mon ami, ...
» un mot de consolation .... tu te
» tais ! » .... Lebbée gardoit toujours le
silence ; le sentiment étouffoit sa voix ;
mais ses larmes & ses regards en disoient
assez. Pierre se trouva moins agité ; il
s'éloigne, & s'abandonne de nouveau
aux flots de la multitude. En se débar-
rassant d'une foule de peuple qui l'en-
traînoit, il apperçut son frere André.
Son premier mouvement fut de le fuir ;
mais bientôt il lui fait signe de le suivre
dans un lieu écarté qu'il lui montra
de la main. Quand ils y furent arrivés,
Pierre se jette au cou de son frere, mais
non avec cette ardeur & ce feu, comme

autrefois ; à peine peut-il le ferrer dans
ses bras fatigués, & pleure suspendu à
son cou. « Ah ! mon frere, mon cher
» frere, lui dit André avec un saisisse-
» ment qu'il s'efforçoit de cacher, que
» ne puis-je le taire ? . . Mais au moins
» mon cœur en saignera avec le tien...
» Le meilleur des hommes ! . . le plus
» tendre des amis ! . . le Fils de Dieu !...
» hélas !.... tu l'as trahi ! . . . tu l'as re-
» nié en présence de ses ennemis ! »

Une douleur qui n'avoit rien de
terreftre, une douleur divine, & bien
précieuse à celui qui en étoit l'objet,
se peignit dans les yeux de Pierre, &
sa bouche resta muette. Ils marcherent
quelque tems à côté l'un de l'autre, &
se voyoient à peine : à la fin, leurs
mains fatiguées se séparerent ; ils s'é-
loignerent l'un de l'autre.

Pierre marchoit sans objet, lorfqu'il rencontra Nicodeme & Joseph
d'Arimathie, deux hommes pour lesquels il avoit une vénération sincere. Il
voulut les éviter ; mais ils étoient trop
près de lui. « Pierre, dit Joseph, le
» disciple chéri du Messie ne nous con-
» noît-il donc plus ? Nous sommes de
» ses disciples aussi. Il est vrai, nous ne

» l'avons été qu'en secret ; mais à pré-
» sent nous sommes prêts à le confesser
» devant tout le peuple. Nicodeme mon
» ami, dont vous connoissez la noblesse
» & la fermeté , en a déja fait l'aveu en
» présence de tout le Sanhédrin assem-
» blé. Il a parlé en faveur de Jesus, avec
» un courage plusqu'humain. Mais hé-
» las ! je ne l'ai confessé que tard ! je
» ne l'ai confessé que dans l'instant où
» le généreux Nicodeme quittoit cette
» assemblée de pécheurs ! » . . . Calme,
» mon cher Joseph , calme , lui dit
» Nicodeme , l'inquiétude qui tour-
» mente ton ame innocente & pure.
» Nous sommes sortis ensemble, & nous
» l'avons confessé ensemble. »

Joseph leva vers le ciel un œil serein,
& s'écria avec transport : « Daigne, ô
» Pere du Messie ! Dieu d'Abraham ,
» daigne écouter & recevoir le serment
» que je fais de confesser avec cou-
» rage, à la face de tout l'univers, ce-
» lui que j'ai confessé si foiblement pen-
» dant sa vie. »

Dans le moment où sa priere mon-
toit jusqu'au trône de l'Eternel, & que
les graces qui accompagnent les vœux
reçus, descendoient sur lui, Nicodeme

se tourna vers Pierre, & lui dit : « O
» Simon ! ton cœur semble abreuv
» d'amertume, & tu détournes tes re
» gards de nous. Nous partageons ta dou
» leur : nous sentons comme toi la mort
» qui va détruire le plus saint & le plus
» juste d'entre les hommes ; peut-être
» lui a-t-elle déja porté le dernier coup!
» Mais, ô disciple chéri de cet auguste
» Maître ! accorde-nous la douce satis-
» faction de nous dire au moins, que tu
» ne nous fais pas un crime de ce que
» nous ne l'avons reconnu qu'en se-
» cret. » ... Semblable à l'arbre renversé par l'orage, & qui reste penché
sur ses racines, Pierre frémit & se détourne à ces mots. Enfin ne pouvant
plus résister au tourment qu'il éprouve,
il fuit avec précipitation ; & croyant
chercher du repos, il court se précipiter dans un tourment encore plus grand.
Il arrive, se soutenant & respirant à
peine, au pied de la colline : il ose lever les yeux vers la croix ; mais non jusqu'à la tête du Mourant, & voit à ses
pieds Jean & la Mere de la Victime, tous
deux immobiles & muets de douleur;
leurs yeux ne versoient point de larmes. Un nombre assez considérable

d'amis fideles, qui avoient suivi le Meffie en Galilée, étoit aussi autour de la
croix. Quoiqu'ils ne fussent distingués
ni par l'heureux hazard de la naissance,
ni par l'éclat des dignités ou de la fortune, la plus durable des histoires a
conservé les noms précieux de quel-
ques-uns de ces mortels vertueux, qui
seront chers à jamais à la postérité des
Chrétiens.

Marie Magdeleine, Marie la mere
de Joses & de Jacques, Marie mere des
Zébédéides, & une autre Marie, sœur
de celle qui voyoit son Fils unique expirant sur la croix, s'en étoient le plus
approchées.

Marie-Magdeleine étoit tombée à
terre. Dans l'excès de sa douleur elle
appelloit la mort à son secours, & remplissoit le ciel de ses clameurs. La mere
de Joses, quoiqu'inconsolable elle-
même, s'approcha d'elle pour la consoler : elle veut lui parler, & la parole
expire sur ses levres.

La mere des Zébédées, pâle & dé-
figurée, tenoit les yeux & les mains
élevées vers le ciel dont elle appelloit
la vengeance à grands cris.

Succombant sous le poids de sa dou-

G v

leur, & ne respirant qu'avec peine,
Marie, la sœur de la Mere de Jesus,
étoit tombée à genoux, & tenoit ses
regards immobiles attachés sur la croix.

Le jeune homme crucifié à côté du
Sauveur, sentoit plus vivement l'affliction de cette troupe pieuse, que ses
propres douleurs. Ce sentiment n'é-
chappa pas aux regards des immortels
& des patriarches, quoiqu'ils fussent
uniquement occupés du sublime objet
des souffrances du Messie. Abraham
transporté de joie du salut que venoit
d'obtenir le criminel par son repentir,
observoit avec tendresse le moindre de
ses mouvemens. Touché de la compassion sincere avec laquelle ce jeune
homme sanctifié regardoit son Sauveur,
il se tourna du côté de Moyse ; & le
pere du peuple Hébreu dit à celui qui
lui donna les loix de l'Eternel, & qui
fonda son tabernacle ;

» Ô mon fils ! que ce qui se passe en
» ce moment sous nos yeux, est grand !
» Il sera le sujet de nos entretiens pen-
» dant des éternités ! Tu vis sur Horeb
» Dieu dans toute sa Majesté, & je le vis
» dans la forêt sacrée de Mamré. Je me
» rappelle encore les sons doux, & les

» charmes mélodieux de sa voix, lorf-
» qu'il daigna me parler. Celle de ce
» pécheur converti a retenti auffi agréa-
» blement à mon oreille ! Puiffe le fen-
» timent de la joie qui inonde mon
» cœur paternel, fe mêler aux cris d'al-
» légreffe que le falut du pécheur ra-
» cheté fait poufler aux habitans des
» cieux ! Contemple ce jeune homme ;
» vois avec quel doux fourire il regarde
» le tombeau qui l'attend ! Les miféri-
» cordes de Dieu le raniment ; la paix
» de la vie éternelle s'étend fur lui : il
» ne paroît fenfible qu'à la douleur qu'é-
» prouvent les amis défolés de fon Sau-
» veur.... Comment un fpectacle fi
» touchant n'a-t-il pas amolli le cœur
» de mes coupables defcendans ? Ah !
» fi, comme ce jeune homme, ils pou-
» voient connoître celui qu'ils immo-
» lent ; s'ils pouvoient détefter leur
» crime, quel raviffement pour leur
» pere !... Mais il faut, ô mon fils ! que
» je te faffe part d'un trifte fecret qui
» reftera après enfeveli pour jamais dans
» l'oubli ; je le tiens de Gabriel qui
» ne put me le taire.... Apprends que
» ce peuple pervers eft rejetté par le
» Seigneur ; que le Meffie, par l'organe

» des prophetes, lui a prononcé son
» arrêt de réprobation, & que ce peu-
» ple, aveuglé par la fureur, l'a pro-
» noncé lui-même. Pilate, quoique
» Payen, ne vouloit pas condamner
» Jesus ; mais les Juifs l'ont forcé à
» le faire : ils ont demandé son sang,
» en criant : Qu'il tombe sur nous &
» sur nos enfans ! Ah ! si l'ange de la
» mort n'avoit pas au moins gravé avec
» une pointe d'acier ces paroles effroya-
» bles sur les marbres éternels ! s'il ne les
» avoit pas présentées devant Dieu !…
» Je vois tous les peuples de l'univers
» accourir du levant au couchant, &
» venir se rassembler sous la croix du
» Réconciliateur… mais hélas ! je n'y
» vois pas mes déplorables enfans ! »
Moyse lui répondit :

» Pere d'Isaac & de Jacob, & de
» tous les fideles qui réverent Jéhova,
» pere de David & de celle qui a mis
» au monde le Rédempteur des hom-
» mes, pere du Rédempteur lui-même,
» éleve tes yeux, ô Abraham ! & re-
» garde ! Tu n'ignores rien de ce que je
» vais te dire ; mais peut-on répéter
» trop souvent les grandes vérités ? Ce-
» lui dont les desseins sont impénétra-

» bles ; celui qui de sa droite répand
» les miséricordes & de sa gauche le
» vengeances , a placé les Juifs à des-
» sein sur un rocher, pour servir de
» preuve évidente au genre humain, &
» à tous les enfans de la poussiere, qu'il
» est en leur pouvoir de se choisir ou
» la vie ou la mort ! Celui qui, dans
» son pélerinage sur la terre, ayant vu
» ce rocher qui lui sert d'avertissement,
» ne regarde pas en haut, & ne cher-
» che pas à s'instruire, se réprouve lui-
» même. Que son sang retombe sur
» lui-même, lorsqu'après sa mort, il
» sera conduit à une seconde mort plus
» terrible que la premiere ! . . .

» Tu as vu, reprit Abraham, la satis-
» faction avec laquelle je t'ai écouté,
» ô mon fils ! Peut-être un jour, après
» avoir long-tems servi de preuve aux
» nations, ce peuple cessera enfin de
» pécher, & retournera . . . Cette idée
» seule pénetre mon ame d'un ravisse-
» ment céleste ! . . Peut-être il retour-
» nera au Réconciliateur, au Sauveur
» du genre humain, à celui qui les con-
» duisit en Canaan, au milieu des nuées
» pendant le jour , & à la faveur des
» flammes pendant la nuit ; à celui qui
» a répandu son sang pour eux du haut

» de la croix.... Revenez, mes chers
» enfans ! revenez à celui qui veut vous
» sauver, à celui, hélas ! que vous avez
» immolé vous-mêmes ! revenez à la
» vie éternelle ! »

En achevant ces mots, il leve au
ciel ses yeux baignés de pleurs ; son fils
Isaac, la consolation de sa vieillesse,
le vit & courut vers lui ; les charmes
de l'adolescence lui avoient été con-
servés, afin qu'il continuât à être dans
les cieux l'emblême & la figure du Réconciliateur. « J'ai vu de loin, dit-il à
» son pere, les sentimens qui agitoient
» ton cœur paternel : nos déplorables
» enfans mettent à mort celui qui se con-
» sacre pour eux ! Juge éternel ! & tu
» leur fais encore miséricorde ? & tu les
» portes vers leur Sauveur sur les aîles
» de l'aigle, comme tu les portas au-
» trefois hors de l'Egypte ? Douce
» pensée, qui inonde mon cœur des
» torrens de la béatitude ! douce pen-
» sée, qui me rappelle avec un saint fris-
» sonnement le plus beau moment de
» ma vie mortelle ! le moment, ô mon
» pere ! où tu conduisis ton fils unique,
» ton fils si tendrement aimé, pour le
» sacrifier sur l'autel ! Ton fils plein de
» joie, marchoit à tes côtés : il croyoit

» aller avec toi offrir un sacrifice à l'E-
» ternel ; mais quand je me vis lier sur
» le bûcher, que le feu sacré brûloit
» déja sur l'autel, que tu vins m'em-
» brasser pour la derniere fois, que tu
» levas sur la tête de ton bien-aimé le
» glaive étincellant, en détournant tes
» regards attendris ; alors je levai vers
» le ciel mes yeux noyés de larmes ;
» alors soumis... Oublions l'horreur de
» ce triste moment ; il a été couronné
» par des siécles de gloire & de féli-
» cité. Ah ! ton fils, ton cher Isaac, a
» été jugé digne de figurer l'offrande
» de Dieu, l'offrande de celui qui verse
» maintenant son sang sur Golgotha !
» Le ravissement mêlé d'une douce tris-
» tesse, pénetre mon ame immortelle...

» Prions le Dieu sacrifié, » s'écria
Abraham ; & ils tomberent à genoux, à
côté l'un de l'autre, en tendant leurs
mains jointes vers Golgotha. « O toi !
» dit Abraham, victime expiatrice des
» crimes des humains, source sacrée de
» la joie des croyans, Fils éternel du
» Pere éternel, de quels sentimens mon
» cœur n'a-t-il pas été rempli, depuis
» qu'une mere mortelle te mit au monde
» dans la cabane de Bethléem ? J'en-

» tends encore tes premiers cris, Enfant
» divin ! Lorſque tu pleuras ſur la pouſ-
» ſiere des mortels, ta voix retentit
» dans les cieux comme le bruit du ton-
» nere ! Toi, que les anges même ne
» peuvent comprendre, & qui es ce-
» pendant l'objet de leur enthouſiaſme
» & de leurs chants, tu daignas t'enve-
» lopper dans cette vie abjecte & mi-
» ſérable ! A peine te reconnurent-ils
» ſous ces traits dont tu venois de te
» revêtir pour parcourir la voie ſublime
» & ſolitaire par laquelle tu marchois à
» la mort !... Te voilà parvenu à ce
» grand but que tu t'étois propoſé de-
» puis des éternités, & avant que j'exiſ-
» taſſe ! Toi ſeul pouvois concevoir
» l'idée de cette mort qui procure le
» ſalut des hommes... le ſalut de tous
» les enfans du premier pécheur....
» Ton ſang coule maintenant !.. Nous
» réprimons le ſentiment de notre com-
» paſſion, ô Homme-Dieu ! Tu es au-
» deſſus de celle de tous les êtres finis ;
» mais nous ſentons le coup redouté
» dont la mort te frappe, ce coup dont
» toute la nature eſt ébranlée ! nous
» le ſentons, & nous te conjurons, ô
» ſublime Médiateur ! de nous donner

» la force de le fupporter. Ayes pitié de
» nous ; ayes pitié fur-tout de ceux qui
» rempent encore fur la poufliere, & qui
» tiennent plus à la terre que nous. »

Ainfi pria le pere des croyans. Son
fils fe tourna vers lui, & lui demanda
qui étoient les ames qu'un chérubin
conduifoit vers la croix ? Déja leur
troupe brillante s'en étoit approchée &
fe répandoit à l'entour, femblable à la
lumiere du matin. Elles avoient quitté
depuis peu leur dépouille mortelle ;
elles venoient de toutes les parties du
monde. Le corps des unes alloit être mis
dans le tombeau ; le corps des autres
alloit être réduit en cendres fur un bûcher. Fideles aux loix de la nature, &
à la voix de leur confcience, elles
avoient confumé le court efpace de la
vie dans la pureté & dans la pratique
de toutes les vertus que ne peut connoître un mortel que Dieu n'a pas
éclairé d'une lumiere particuliere. Le
chérubin penfif les conduifoit, & elles
le fuivoient avec l'inquiétude & l'étonnement que leur infpiroit la nouvelle
vie où elles entroient.

Le chérubin fe retourna vers elles,
tandis qu'elles planoient autour de la

croix enveloppée dans les ténébres,
& leur dit : « Pesez & méditez ce que
» vous voyez ; aucun de ceux que les
» femmes ont engendrés, ne peut voir
» l'Eternel sans le secours de celui qui
» répand ici son sang sur la croix de-
» vant vous. Ames immortelles, je vous
» révele le grand secret de l'éternité :
» la Victime divine expirante sous vos
» yeux, est Jesus ; il s'offre lui-même
» en sacrifice à son Pere, pour les pé-
» cheurs condamnés à la mort. Jesus,
» ce Fils de l'Eternel, a pris naissance
» dans le sein d'une mere mortelle,
» (vous la voyez aux pieds de la croix :)
» il a passé sa vie à prier, à adorer, à
» instruire, à souffrir.... à présent il
» meurt pour tous les enfans de la
» terre.... il meurt pour vous.... & de
» sa mort dépend votre félicité éter-
» nelle... Si, avant les tems, il n'avoit
» pas été reçu pour Réconciliateur,
» vous mourriez toutes maintenant de
» cette mort éternelle dont mourront
» un jour tous les pécheurs à qui son
» salut a été annonce, & qui l'auront re-
» jetté ! Dieu qui, avant votre naissance,
» voyoit votre vie future, sçait que
» vous auriez suivi la voie du salut, si

»vous aviez été deſtinées à vivre ſur la
»terre éclairée de la divine lumiere de
»l'Evangile de Jeſus. C'eſt en ſa fa-
»veur & par ſes mérites, que l'Etre des
» êtres vous abſout de la tache de votre
»origine; vous êtes pures devant lui !..
»Celui que vous vous êtes efforcées de
»connoître, & que vous n'avez pas
» connu, a vu vos larmes : il a entendu
»& exaucé dans le ciel la priere que
»vous lui faiſiez de vous arracher au
»péché dont vous ſentiez l'horreur,
»quoique vous en ignoraſſiez les ſui-
» tes funeſtes. Celui que vous voyez
»attaché à la croix, avoit déja joint ſes
» prieres aux vôtres auprès de ſon
»Pere, pour qu'il vous exauçât, & qu'il
» détruiſît en vous le germe dévorant
»du crime; vous le portiez dans vos
» entrailles !.. Tombez ſur votre face,
» & remerciez le Reſtaurateur de l'in-
» nocence & de la paix, votre Sau-
» veur, la ſource de la vie éternelle !»

Pleines d'admiration & d'attendriſſe-
ment, ces ames, dans l'yvreſſe de leur
joie, ſe proſternérent vers le Rédempteur, vers cét Etre bienfaiſant qui s'é-
toit occupé d'elles & qui les avoit ai-
mées avant qu'elles exiſtaſſent.

Salem & Sélith, anges tutélaires de Jean & de Marie, voyoient avec ravissement ces ames se livrer à l'excès de leur reconnoissance. « Que ces ames » fortunées, dit Salem à Sélith, savou- » rent délicieusement le sentiment de fé- » licité qui découle pour elles des plaies » sacrées de leur Sauveur ! Ah ! mon » ami, quel spectacle digne des anges ! » Les voilà donc affranchies pour jamais » des calamités de la vie humaine, de » tous les maux dont gémissent les dé- » plorables habitans de la terre !... » Hélas ! la triste Marie & le disciple » chéri de Jesus sont bien éloignés de » jouir d'un pareil repos ! Ces êtres si » parfaits, ces êtres comblés de tous » les dons célestes, & qui sentoient à » peine le poids de la mortalité, gé- » missent à présent dans la douleur ! » Les souffrances du Fils divin, la pâ- » leur de la mort répandue sur son » front, ses regards expirans, les plaies » d'où coule son sang ont tari les sour- » ces de la joie dans l'ame de la mere » & de l'ami ! O Sélith, je sens moi- » même dans mon cœur le glaive qui » perce le leur ! ...

» Mon cher Salem, reprit Sélith, j'ai

déja vu bien des mortels souffrans ;
mais je n'en ai point encore vu d'auſſi
malheureux que Jean & que Marie !
Mais le ſentiment du reſpect & de
l'admiration ſe mêle pour eux à celui
de la compaſſion. Quel ſpectacle en
effet pourroit être comparé à celui de
voir plongées dans toutes les horreurs
de l'affliction des créatures ſi cheres à
l'Eternel ? Mais ce qui adoucit l'amertume de mon cœur, c'eſt la conſolation que Dieu ne manque jamais
d'envoyer aux malheureux mortels,
dans le moment où leur ame déchirée n'oſe plus en attendre. Je ne ſçais,
mon cher Salem, ſi le deſir que j'ai
de voir rentrer dans le repos de Dieu
ces deux créatures chéries, me fait il-
luſion ; mais il m'a ſemblé, dans ce
moment même, voir couler ſur elles
des yeux paiſibles du Meſſie un
rayon de conſolation. » Ainſi parla
ith, & il ne ſe trompoit pas. Jeſus
ché de l'état de Marie & de Jean,
oit jetté ſur eux un regard de commi-
ration, qui avoit ranimé leur vie dé-
lante ; & il avoit baiſſé ſa tête di-
e pour leur parler. Marie joyeuſe
tremblante, attendoit avec inquié-

tude, comme si elle se fût éveillée du sommeil de la mort ; & la voix du Fils éternel descendit vers elle :

» Ma mere, voilà ton fils ; & toi, » en parlant à Jean, voilà ta mere ! » Marie & Jean transportés le regarderent avec surprise, & verserent des larmes de reconnoissance.

Cependant Jesus sur la croix éprouvoit des tourmens que l'ame frémit de penser, & que le langage même des cieux ne pourroit exprimer. Un silence plein d'horreur environna la montagne de la mort. La terre agitée, trembla sans interruption jusques dans ses fondemens ; mais ses secousses souterreines ne se faisoient pas sentir à la surface, & l'ébranlement n'étoit encore parvenu qu'une fois à la ville sacrilége. Cependant un sentiment confus, un pressentiment sinistre & terrible annonçoit la vengeance, & glaçoit le cœur de la multitude sanguinaire.

Le mouvement intérieur de la terre se communique alors dans les profondeurs d'une caverne obscure où Abbadona, après s'être envolé de la montagne des oliviers, étoit allé se cacher

pour se livrer à sa douleur. Assis sur
la pente d'un rocher, il suivoit d'un
œil morne la chute d'un torrent impétueux qui tomboit à ses pieds ; & son
oreille attentive écoutoit machinale-
ment le bruit de ces vagues mugissantes
qui rouloient d'abysme en abysme, du
haut du rocher suspendu. Tout-à-coup
il sent la terre trembler sous lui, & voit
des rochers se précipiter à ses côtés.
Abbadona effrayé croit que la terre
éprouve un sentiment de douleur, &
qu'elle pousse des gémissemens. « Est-
» elle lasse, dit-il, de porter dans son
» sein les tristes débris de ses malheu-
» reux enfans, d'être pour eux un gouf-
» fre éternel qui se remplit sans cesse de
» nouvelles victimes, de renfermer
» dans ses entrailles l'horreur & le dé-
» goût de la corruption, tandis que sa
» surface est embellie par l'éclat & le
» le parfum des fleurs ? Soupire-t-elle
» peut-être sur le sort de l'Homme di-
» vin que j'ai vu dans les ténèbres, ac-
» cablé de plus de souffrances que ja-
» mais aucun être fini n'en éprouva ?
» Quel est à présent son destin ? Mais
» pourquoi tardé-je d'aller m'en ins-
» truire ? La main du Juge sévere est-elle

» plus près de moi fur la furface de la
» terre, que dans la caverne où je fuis?
» Je ne puis l'éviter nulle part! Quand
» je m'envolerois au delà des limites de
» la création, elle m'y faifiroit encore!
» Oui, je vais le chercher, je veux voir
» le terme, & connoître l'objet de fes
» fouffrances ; je veux pénétrer dans cet
» événement myftérieux. . . . Mais s'il
» eft toujours environné des troupes cé-
» leftes, comment l'aborder ? comment
» foutenir leurs regards ? Ofons imiter
» leur fplendeur : ofons me transformer
» en ange de lumiere ! . . . Hélas ! la fou-
» dre du Juge fuprême m'en auroit bien-
» tôt dépouillé, & les anges me ver-
» roient alors fous ma forme hideufe.
» Mais Satan l'a bien ofé, lui qui a
» irrité l'Eternel par des forfaits plus
» grands que les miens ! Satan l'a bien
» ofé ! Mon déguifement au moins n'a
» pour objet rien de criminel ! . . . Que
» ferai-je ? . . . Ah ! malheureux Abba-
» dona, refte dans ta mifere ! . . . Non,
» je n'irai pas. . . j'ignorerai la fin de ces
» fouffrances furnaturelles. . . Comment
» pourrois-je foutenir les regards des
» anges, & ne pas m'enfuir ? »

Incertain de ce qu'il vouloit faire,
Abbadona

Abbadona s'élance du fond des cavernes; mais à peine a-t-il mis le pied sur
la terre, qu'il recule & tremble d'effroi à l'aspect des ténèbres affreuses
dont elle étoit couverte. « Quoi! dit-il,
au milieu du jour, la nature est ense-
velie dans cette nuit épouvantable ?
Va-t-elle subir son jugement? est-elle
sur le point de périr ? Les terreurs de
Dieu se reposent sur elle ! La main du
Tout-puissant l'a saisie ! Quel crime
a-t-elle donc commis ? Son sein au-
roit-il englouti l'Homme divin que
j'ai vu souffrir? & Dieu en demande-
t-il compte à ses enfans ? Mais peut-
il mourir?... Mes propres réflexions
m'accablent : je ne puis résister davantage à mon incertitude ; il faut en
sortir, le chercher & le voir ! »

Ayant pris cette résolution, il s'élève
sur le sommet d'une montagne couverte de forêts, & tâche, à travers l'obscurité, de découvrir la ville sainte; il
l'apperçoit enfin comme un vaste amas
de ruines, sur lesquelles nage une va-
peur épaisse. Aussi-tôt il prend, en fris-
sonnant, la forme d'un ange de lu-
mière, la forme d'adolescence sous
laquelle il avoit brillé jadis dans le té-

Partie II.   H

jour de la paix ; mais, image imparfaite !
Une longue chevelure plus éclatante
que l'or, flottoit en boucles sur ses épaules, & étoit mollement agitée par le
mouvement de ses aîles : la clarté du
jour naissant rayonnoit sur la face du
séraphin ; mais ses yeux retenoient des
larmes. Il fend l'air d'un vol timide, &
s'approche de l'endroit où la nuit étoit
la plus sombre. La nuit la plus épaisse couloit du haut du ciel comme un torrent,
vers la montagne de la mort. En passant
au-dessus de la mer morte, il entendit
le mugissement de ses eaux qui se soule-
voient, &, parmi le mugissement des
vagues, les cris de la douleur & les
hurlemens du désespoir. Ainsi, lorsqu'un
tremblement de terre engloutit des
villes criminelles, on entend retentir
au haut de l'abysme entr'ouvert les cris
des mourans, & le fracas des temples
& des palais qui s'écroulent ; le pâle
voyageur s'enfuit avec effroi. C'est ainsi
qu'Abbadona, avec le bruit de la mer
Morte, entendit les rugissemens de
Satan & d'Adramélec. Il les reconnoît,
& fuit d'un vol chancelant ces bords à
jamais détestés. Il s'approche du cercle
des anges. La vue de cette assemblée
majestueuse le saisit d'une terreur su-

bite : peu s'en fallut que sa beauté lumineuse ne s'éclipsât, & qu'il ne se retrouvât sous sa forme obscure & hideuse. Les anges, uniquement occupés de celui qui mouroit, ne prirent pas garde à l'arrivée d'Abbadona ; mais Eloa l'apperçut & le reconnut. « Quel est il l'objet, dit-il en lui-même, qui amene ici ce triste & malheureux séraphin ? Veut-il encore contempler celui qu'il a déja vu souffrir sur la montagne des oliviers ? Quel sentiment le ramene encore vers lui ? Que je le plains !... Infortuné . . . noyé dans les larmes, presque depuis le moment de sa naissance, consumé par un repentir constant, accablé sous le poids de la honte & de l'humiliation, dévoré intérieurement par le remords & le désespoir !.. Dieu tout-puissant ! Juge du monde, tu accompliras sur Abbadona ce que ta sagesse a résolu !... Quel que soit le destin que tu lui réserves, il ne m'étonnera plus, depuis que j'ai vu celui par qui les immortels existent, attaché sur la croix, pour y mourir de la mort des hommes !... » Eloa tombe sur sa face, adore en silence, reste prosterné, & pleure vers la grande

Victime. Il se leve ensuite, & fait signe à un des anges. L'ange vient, & Eloa lui dit : « Retournez vers la troupe cé- » leste & vers les patriarches, & dites- » leur que le malheureux Abbadona » s'approche d'eux ; que la crainte & » la confusion l'empêchent d'entrer » dans leur enceinte lumineuse, mais » que s'il ose enfin s'y présenter, on » lui laisse cette satisfaction. Ses larmes » méritent bien qu'on lui accorde au » moins la triste consolation de voir le » Rédempteur mourant ! Hélas ! il y a » autour de la croix de plus grands cri- » minels que lui. »

Abbadona tremblant, planoit en- core autour de l'assemblée, lorsque tout-à-coup il s'abbatit sur la terre : à peine il y eut mis le pied, qu'effrayé de son audace, il fut prêt à s'enfuir ; mais il s'enhardit par la réflexion, que ce grand cercle des anges assemblés si solemnellement ne pouvoit être formé autour d'un être moindre que le Ré- conciliateur. Cette idée releve son cou- rage, & il ose voler dans ce cercle im- posant. Les anges l'apperçurent, & démêlerent son inquiétude sous son dé- guisement. Le sourire qu'il affectoit,

n'étoit pas celui de la béatitude : on dis-
tinguoit sous ses traits foiblement lumineux, l'impression de la douleur qui
le rongeoit depuis des siécles ; & un
fond de tristesse insurmontable ; tout en
lui annonçoit Abbadona. Pleins de compassion, ils le laisserent avancer sans
lui rien dire. Il s'approche de la colline
couverte de ténébres , voit trois hommes en croix, & détourne la vue. «Non ,
» dit-il, non, je ne veux pas voir la
» face des mourans ! Ce spectacle r'ou-
» vre trop cruellement les plaies de
» mon cœur, & y renouvelle un sou-
» venir trop affreux !... Créatures in-
» fortunées , qui vous êtes rendues assez
» coupables pour que vos propres freres
» fissent de vous un exemple si terrible,
» je n'examine pas si c'est la justice, ou la
» cruauté de vos semblables , qui vous
» a livrées à cette mort funeste... Mais
» fuyons , arrachons-nous à ce specta-
» cle qui déchire mon ame. .. Mais où
» trouver celui que je cherche ? Sans
» doute , cette assemblée de tous les
» cieux n'est pas descendue inutilement
» sur la terre ; sans doute, elle l'envi-
» ronne. Il est dans ce lieu saint ; mais
» où ?.. L'endroit où je le vis sur la mon-

» tagne des oliviers, étoit couvert des
» plus horribles ténèbres ... celles qui
» régnent sur cette colline, sont encore
» plus épaisses ... Il ne peut pas y être ...
» Ah ! si quelque ange me le mon-
» troit ! .... Si j'osois m'informer auprès
» de quelqu'un d'eux ... Crains, crains
» plutôt, malheureux Abbadona, que
» quelque séraphin ne t'apperçoive, &
» ne t'ordonne de purger ces lieux de
» ta présence .... Non, ils ne font pas
» attention à moi ; ils ne sont occupés
» que de leurs méditations sur l'Homme
» divin vers lequel le Juge suprême les
» a envoyés ! Mais où est-il ? ... Ne
» seroit-il pas peut-être dans le Saint
» des Saints du temple, qui le cache à
» mes regards ? Il y prie peut-être de
» nouveau, & ne veut plus qu'aucun
» être fini soit témoin de la sueur san-
» glante qui coule de son front ! ...
» Mais les anges ont tous les yeux
» fixés sur la colline, & ne regardent
» pas le temple ! J'ai osé paroître au
» milieu d'eux, sous leur forme bril-
» lante, par quelle terreur sécrete n'o-
» sé-je pas porter ma vue sur l'endroit
» où ils portent la leur ? ... Sur cette
» colline couverte d'ossémens ; peut-

»être dans ces lieux deſtinés au ſup-
»plice des ſcélérats.... peut-être eſt-
»ce dans ces lieux abhorrés qu'il ac-
»complit, en ce moment, ce qu'il a
»réſolu de ſouffrir ſur la terre? Peut-
»être l'Homme divin eſt parmi ces
»débris corrompus, & prie vers le
»Juge éternel?... Voyons donc en-
»core une fois cette colline affreuſe,
»ce théatre ſanglant de la mort!...»
En diſant ces mots, il plane d'un vol
lent & inquiet : il deſcend ſous les
croix, & cherche de tous côtés d'un
regard précipité. Il reconnoît Jean,
& ſuit des yeux l'endroit où ceux du
diſciple étoient arrêtés. Cependant le
Sauveur du monde ſembloit, de ſon
œil mourant, chercher le tombeau,
l'aſyle du repos! «Eſt-il poſſible, dit
»Abbadona, revenu de ſa premiere
»horreur, eſt-il poſſible? Non, non,
»ce n'eſt pas... Lui mourir?...Non,
»non... Mais, ô cieux!... qu'oſé-
»je penſer?...Je ne me trompe pas!
»je le vois... c'eſt lui... c'eſt le
»même... c'eſt celui que j'ai vu ſur
»la montagne des oliviers, que j'ai
»vu ſouffrir ce qu'aucun être fini
»n'eſt capable de ſouffrir!... O Juge

» inexorable, feroit-de là ta victime ?
» C'eft lui... » Alors Abbadona fe laif-
fant aller fur la côlline : « Je vais atten-
» dre ici, dit-il, fur la pouffiere, l'iffue
» du plus myftérieux des facrifices ; &,
» s'il eft permis à un être fini, je verrai
» mourir cet Homme divin... Quel
» fentiment nouveau adoucit intérieu-
» rement le fentiment de mes peines ?
» Quel calme inconnu ! Seroit-ce l'étour-
» diffement de la douleur ? Seroit-ce
» une efpérance réelle... la plus douce,
» la plus defirée de toutes les efpéran-
» ces, celle d'être anéanti ! Ne me
» trompé-je point ?... Il me femble
» fentir renaître en moi le courage &
» la confiance ; je me fens déja capa-
» ble d'ofer fupplier le Juge vengeur
» de confentir à ma deftruction totale ;
» il me femble qu'il va m'exaucer !...
» O Juge du monde, à préfent que la
» victime attachée à la croix, a incliné
» fa tête divine, déploie ta vengeance
» fur nous les auteurs du péché, fur
» nous qui avons égaré & perdu les
» hommes ! Si tu confacres quelques-
» uns d'entre-nous à être immolé aux
» manes de ton Fils, & que tu aies ré-
» folu de les anéantir fur fon tombeau,

» souviens toi d'Abbadona , le plus
» criminel des pécheurs , & sacrifie-le
» à cette ombre illustre.

... « Quoi ! je cesserois d'exister ? Je
» cesserois d'éprouver l'ardeur de ces
» sombres tourmens ? Je tomberois dans
» le néant ? Je serois retranché de la
» chaîne des êtres ? Je disparoîtrois pour
» toujours , oublié de toutes les créa-
» tures, des anges, de Dieu même? ...
» Ah ! grand Dieu , je vole au-devant
» de tes coups , je te présente ma tête ;
» frappe-la de ta main puissante , dissipe
» mon existence : que ta foudre dévo-
» rante m'enleve de la création ! »

Abbadona séduit par ses desirs &
par ses espérances , se réjouissoit &
frémissoit tout à la fois de ce qu'il desi-
roit & de ce qu'il espéroit. En rempant
sur la poussiere , il éleva ses regards
vers la croix ensanglantée, vers le Médiateur mourant ; & plus il le contemple, & plus il le croit près d'exhaler
le dernier souffle de sa vie ! Accablé
sous le choc impétueux des diverses
pensées qui l'agitoient , il se tenoit
immobile ; & tandis qu'il faisoit tous
ses efforts pour conserver sa forme
lumineuse qui se dissipoit visiblement ,

tout-à-coup il apperçoit son ancien
ami, son compagnon, l'invincible
Abdiel, qui planoit sur la croix la plus
élevée. Abbadona demeura si saisi à
cet aspect, qu'il ne vit plus rien de
ce qui étoit autour de lui. Il s'agitoit
intérieurement, & s'efforçoit de trouver un moyen pour n'être pas reconnu de son ami. Feignant enfin
qu'il étoit envoyé de Dieu, & qu'il
ne lui étoit pas permis de s'arrêter sur
la terre, il se tourne promptement
vers Abdiel, & lui dit à la hâte :

» Tu sçais, sans doute, le moment
» qui doit terminer les souffrances du
» Réconciliateur ; instruis-m'en, mon
» ami, je t'en conjure : des ordres pres-
» sans m'appellent ailleurs ; mais en
» quelqu'endroit que je sois, j'y vou-
» drois célébrer le moment saint &
» redoutable que Dieu a choisi ! »

Abdiel se retourne vers Abbadona,
le reconnoît, & lui dit d'un ton triste
& que l'expression de la douleur rendoit touchant :

» Abbadona ! . . . » La pâleur de la
mort monte moins rapidement au
visage brillant d'un jeune homme
que la foudre a frappé, que l'obscu-

rité & toutes les horreurs des enfers
fur la face d'Abbadona, lorfqu'il entendit fon nom. Les anges le virent
s'obfcurcir ; il s'enfuit de leur cercle,
en jettant un cri d'effroi.

Il s'abbatit aux extrémités de l'hori-
zon, auprès d'une montagne, d'où
on vit s'élever, en même tems, à la
partie oppofée, une ombre plus hideufe, & qui paroiffoit plus défefpérée
que le malheureux Abbadona. « Quel
»eft, dit un des efprits céleftes, ce noir
»habitant de l'abyme, qui dirige fon
»vol vers nous ? La main de la ven-
»geance a cicatrifé fon front reprou-
»vé... Viendroit-il fe refugier dans
»notre affemblée ?... Mais vois-tu le
»terrible Obaddon qui conduit cette
»ombre ?... Ah ! c'eft l'ame abomina-
»ble du perfide Judas ! »

Cependant le miniftre redoutable
de la mort avoit conduit l'ombre perverfe auprès de la croix. Tous les anges
la virent ! Son obfcurité étoit encore
plus noire que la nuit qui couvroit la
terre. Elle paroiffoit dans cet état d'a-
gitation & de trouble, comme fi les
foudres avoient grondé fur fa tête, &
la terre tremblé fous fes pieds. Elle

tenoit les yeux fixés fur l'ange exterminateur, & fuivoit tous les mouvemens
qu'il lui prefcrivoit avec fon glaive
flamboyant. Obaddon s'arrêta avec
l'ombre tremblante, fur un nuage fufpendu, & lui dit d'une voix impé-
rieufe :

» Regarde !... Là eft Béthanie....
» ici la chaumiere de Caïphe ... là-bas,
» la maifon où, avec les autres difci-
» ciples, tu reçus la mémoire de fa
» mort !...Voilà Gethfemane...Trem-
» bles ! voilà ton cadavre !... Ici, con-
» tinua-t-il en avançant fon glaive, fur
» cette croix qui domine les autres, &
» qui eft enveloppée d'une nuit plus
» fombre, eft Jéfus-Chrift !... Il meurt,
» en s'offrant à Dieu, pour le falut des
» hommes, pour adoucir leur vie &
» leur mort, pour les arracher à la
» mort, à la mort éternelle que tu fouf-
» fres maintenant, & pour les faire jouir
» de la vue de Dieu !... Ces plaies
» d'où coule le fang de la réconcilia-
» tion, brilleront un jour d'un éclat
» divin, lorfqu'il viendra juger l'uni-
» vers ! Detournes-toi à préfent, &
» fuis moi.» L'ombre épouvantée obéit,
& Obaddon l'entraîna loin du cercle

des faints. Déja ils planoient parmi les aftres ; le morne filence qui régnoit dans la vafte étendue de la création , pénétra l'ame de Judas d'une horreur fecrette ; & , après avoir héfité long-tems , elle dit à fon guide inflexible :

» O le plus redoutable de tous les » anges ! frappe-moi de ton glaive » étincelant d'où s'élance la foudre , & » anéantis moi ! Ne me conduis pas au » Juge éternel ; ne me conduis pas » vers fon thrône !... Obéis , & tais- » toi. »

C'eft ainfi qu'Obaddon fit entendre fes ordres ; & il continue fa route juf-qu'à un foleil fur lequel il s'arrêta , & fit arrêter Judas près de lui. Il montra de loin au réprouvé le ciel où réfide la Divinité. Quoiqu'alors le Juge fu-prême y fût environné d'une fainte obfcurité , & que ce féjour de fa ma-gnificence ne retentît pas , comme à l'ordinaire , des chants de l'éternité , que les fêtes des bienheureux y fuffent fuf-pendues , le ciel n'en étoit pas moins le ciel , le digne fiége de l'Eternel ; il n'avoit rien perdu , pour fes habitans , de fa fplendeur & de ces joies inef-fables , dont l'homme ne peut fe faire

uné idée ! « Voilà , dit Obaddon ,
» voilà la demeure de Dieu, le théâ-
» tre de la gloire des faints, la fource
» inépuifable de la félicité où s'eny-
» vrent ceux qui l'aiment ! Dieu, dans
» ce moment, a voilé fa face aux re-
» gards des êtres finis. Sur ce thrône
» qu'enveloppe une nuit fainte & re-
» doutable, telle que ton œil nouveau
» n'en a point encore vue, nous jouif-
» fons ordinairement de l'afpect de la
» Majefté du Très-Haut ! La montagne
» célefte, qui s'éleve devant toi, eft la
» montagne de Sion. Souvent celui qui
» s'eft immolé pour les hommes de-
» puis le commencement des mondes,
» s'y montre dans toute fa fplendeur
» aux regards des juftes. Ces douze
» fiéges d'or, auffi brillans que le foleil,
» que tu vois placés fur Sion, font
» deftinés par le Rémunerateur aux
» difciples qui font reftés fideles. Traî-
» tre , c'eft fur ces fiéges qu'ils juge-
» ront un jour le monde & toi ! Tu
» fus un des difciples.... Ne me de-
» mande pas d'être anéanti ; tu le
» demandes en vain ! Contemple les
» diverfes magnificences dont brille le
» féjour des faints : autant de tourmens

»divers t'attendent dans les enfers! Tu
»t'efforces inutilement de ne pas porter
»tes regards vers le ciel. Semblable à
»un rocher de la mer, qui ne peut être
»ébranlé par aucune tempête, la main
»de l'Eternel t'attache ici, & te con-
»damne à en connoître les beautés.
»C'est pour les procurer aux élus que
»Jesus-Christ meurt à présent sur la
»croix. »

A ces mots, Obaddon s'éloigne un
instant d'Iscariot, vole sur un soleil
voisin des cieux, s'y arrête, adore, &
revient vers le réprouvé, qui éprouvoit
toutes les horreurs de la mort éternelle.
»Viens, suis-moi, lui dit-il; je vais
»à présent te conduire aux enfers,
»ce séjour que tu habiteras à jamais. »
La voix terrible de l'ange retentissoit
comme le bruit du tonnerre. Déja ils
approchoient des enfers; ils en entendirent les rugissemens qui expiroient
sur les limites de la création & sous les
astres les plus reculés. Dans l'espace
que Dieu a assigné aux enfers dans
l'immensité, ils se roulent, sans obéir
à aucun ordre, sans suivre aucune loi
de mouvement lent ou rapide. Il vole
plus rapidement, lorsque le Juge veut

punir les nouveaux crimes de ſes habitans, par des flammes plus actives &
des douleurs plus aiguës. Il rouloit,
dans ce moment, avec une impétuo-
ſité épouvantable. Judas & ſon guide
implacable s'éloignoient des bornes
des mondes, & s'approcherent des
portes de l'abyſme. L'ange de la mort,
qui les gardoit, reconnut Obaddon,
& vit l'ame criminelle qui s'agitoit &
ſe tourmentoit pour prendre la fuite.
Mais, courbée ſous le tranchant du
glaive enflammé, elle eſt obligée d'o-
béir. Alors le ſéraphin, gardien de
l'abyſme, ouvre les portes de diamans
qui gémiſſent ſur ſeurs gonds, & reten-
tiſſent au loin. Des montagnes entaſſées
dans ſon horrible ouverture, n'y pro-
duiroient que des inégalités preſqu'in-
ſenſibles à la vue. Obaddon s'y arrête
avec l'ame d'Iſcariot. Aucun chemin
frayé ne conduit aux profondeurs des
enfers. On y arrive à travers des rochers calcinés qui diſtillent une pluie
de feu & qui s'étendent plus loin que la
vue ne peut porter. Judas ſaiſi d'horreur,
pâle & muet, jette une vue égarée ſur
ces gouffres. Le miniſtre de la vengeance divine s'arrête près de ce tom-

beau où la mort veille toujours.... Le séraphin détourne la tête ; & montrant avec la pointe de son glaive les profondeurs de l'abysme : « Voilà, dit-il, » la demeure des réprouvés ; c'est la » tienne ! Jesus-Christ meurt sur la » croix, pour sauver les enfans de la » terre des tourmens que tu vas su- » bir ! »

Il dit, & précipite le monstre dans le noir abysme, dont il s'éloigne, & vole à travers les mondes. Il revient sur Golgotha, à l'autel du Dieu immolé, s'arrête, & attend les nouveaux ordres que le Tout-Puissant lui donnera dans sa colere.

Fin du Chant IX.

CHANT DIXIEME.

ARGUMENT.

Jthova, du haut de son tribunal, jette un regard sur son Fils qui sent, par ce regard, que son pere n'est pas encore reconcilié. Il porte la vue sur son tombeau, & prie en secret. Il tourne ensuite les yeux vers la mer Morte. Satan, Adramélec, & les enfers éprouvent tout le poids de la vengeance divine. Le Messie promene ses regards sur les saints qui sont autour de la croix ; il les arrête avec complaisance sur les ames de la génération future. Sentimens d'une de ces ames. Le Messie ordonne aux anges de conduire ces ames dans les corps qui leur sont destinés. Caractere de ces ames. Lorsque les anges qui les conduisent passent auprès des vingt palmiers sous lesquels le Messie avoit subi son premier jugement, les ames des patriarches, qui y étoient rassemblées, les bénissent. Entretien de Siméon & de Jean-Baptiste. Cantique de Miriam & de Débora. La mort du Messie approche. La-

dre tâche de consoler Lebbée. Uriel annonce à l'assemblée des anges & des patriarches, qu'il a vu descendre vers la terre le premier des anges de la mort. Impression que cette nouvelle fait sur les patriarches, principalement sur Hénoch, Abel, Seth, David, Job, mais sur-tout sur Adam & sur Eve. Ils vont tous deux vers le tombeau de Jesus. Prieres d'Adam. Le Rédempteur jette sur eux un regard de miséricorde. Eloa, du haut du temple, annonce l'arrivée de l'ange de la mort. L'ange s'abbat sur Sinaï. Il exécute l'ordre de Dieu.... Le Messie meurt.

CHANT DIXIEME.

J'AVANCE à grands pas dans ma carriere redoutable : j'approche toujours plus du moment où le Meſſie doit terminer ſa vie. Si l'amour ne me ſoutenoit pas en chantant le ſacrifice de l'amour même, je ſuccomberois ſous le fardeau que je me ſuis impoſé. Je marche, en tremblant, entre deux écueils : je crains, d'un côté, de dégrader la majeſté de mon ſujet, en me livrant à un eſſor trop hardi ; &, d'un autre côté, je crains de l'affoiblir, en réprimant l'enthouſiaſme qu'il m'inſpire. Comment réunir la dignité à l'efferveſcence du zèle, moi qui ne ſuis que pouſſiere ?... O toi, dont le ſang coule à gros bouillons ſur Golgotha ! toi, dont l'œil tout-puiſſant ſonde toutes les profondeurs de mon être, & qui connois toutes mes penſées avant même que mon eſprit les ait conçues, daigne,

ô mon Rédempteur ! ô mon Dieu !
daigne me fervir de guide ; foutiens
mes pas chancelans ; fais defcendre un
rayon de ta grace & de ta lumiere
dans mon ame avide de connoître !

Le thrône d'où fortoit autrefois un
éclat fi brillant, étoit alors environné
d'une nuit épaiffe, qui infpiroit la terreur : le ciel étoit une vafte folitude
où aucun immortel ne faifoit retentir
fa voix. Le premier des anges de la
mort, profterné fur la derniere des
marches du thrône inacceffible, attendoit, en tremblant, les ordres de l'Eternel. Du haut de fon thrône, & la vue
conftamment fixée fur Golgotha, Jéhova portoit vers fon Fils, à travers
l'obfcurité de la nature interdite, des
regards étincellans qui n'étoient com-
pris que de celui fur qui ils defcen-
doient. Jefus-Chrift fentit, par le regard de fon Pere, qu'il n'étoit pas encore appaifé ; le friffon de la mort
pénétra jufqu'à fon cœur.... Les mondes tremblerent jufques dans leur centre à la vue de la pâleur mortelle
qui glaçoit le front du Fils divin,
& les immortels refterent immobiles
d'épouvante. Ses yeux éteints & fati-

qués se porterent languissamment vers
son tombeau taillé dans un roc à l'é-
cart, sous des arbres antiques, vis-à-
vis de Golgotha.

» Le sommeil de la mort t'endor-
» mira bientôt, ô mon corps ! disoit
» intérieurement Jesus - Christ en re-
» gardant le lieu de sa sépulture. C'est
» pour te rendre à la terre que je
» t'avois pris ; mais la corruption ne
» t'y détruira pas. Daigne , ô mon
» Pere ! sécher les larmes de ceux
» qui alors en répandront sur moi !
» Ayes pitié d'eux, lorsque tu leur en-
» verras leur derniere heure ! Ayes
» pitié de tous ceux qui croiront en
» ton Fils bien-aimé, qui s'est immolé
» pour eux ! Lorsque , remplis de cette
» croyance, ils lutteront contre la mort
» dont je sens, en ce moment, toute
» l'amertume, daigne les soutenir & les
» consôler ! A la vérité, ils n'éprouve-
» ront pas les tourmens que j'éprouve,
» puisqu'ils sont finis : ils succombe-
» roient tous sous la moindre des dou-
» leurs que ta main redoutable a répan-
» dues sur moi ! O mon Pere ! prends
» pitié de tous ceux qui, dans le der-
» nier combat , auront recours à ta

» bonté, & imploreront ta miféricorde!
» Tends une main fecourable à ceux
» qui ont traîné jufqu'au tombeau, fans
» murmurer, une vie languiffante dans
» l'indigence & l'humiliation; à tous
» ceux que la calomnie a pourfuivis
» & flétris; à tous ceux qui, fideles à
» l'amitié, ont pardonné à leurs en-
» nemis; aux cœurs bienfaifans & mo-
» deftes qui ont regardé tous les hom-
» mes comme leurs freres; à ceux qui,
» au fein des grandeurs & de l'opu-
» lence n'ont été éblouis ni par l'o-
» pulence, ni par les grandeurs, & ne
» s'en font fervi que pour fecourir &
» protéger les malheureux; à tous ceux
» enfin, qui, comblés de tes dons, les
» ont conftamment employés, dans tou-
» tes les occafions, pour ton fervice
» & pour ta gloire! Ayes compaffion
» d'eux tous, ô mon Pere! lorfque la
» mort les frappera, que la corruption
» demandera leur corps, & le Créateur
» leur ame: envoie-leur l'Efprit confo-
» lateur, qui les réfigne, qui prie en
» eux, & exauce-les au-delà de leurs
» vœux & de leurs efpérances. Con-
» duis-les au repos éternel, au repos
» que je leur aurai procuré. Je t'en con-
» jure,

»Jure, ô Dieu d'amour ! par le sang qui
»coule de mes bleſſures, par la cou-
»ronne enſanglantée qui ceint ma tête,
»par les horreurs de mon agonie, par
»ce que je ſouffre en ce moment , &
»ce que je ſouffrirai encore : je te le
»demande au nom de cet amour qui
»m'a fait braver l'ignominie & la mort
»de la croix, pour le ſalut des hom-
»mes : exauce-moi, & fais que ceux
»que j'aime, me reſtent fidéles juſqu'à
»la fin ! Que leur mort ſoit pleine de
»conſolation , & qu'ils jouiſſent d'a-
»vance de la récompenſe qui les atten-
»dra ! »

Ainſi prie intérieurement le Dieu
des miſéricordes. Il détourne du tombeau ſes regards attendris, & les porte
d'une maniere effrayante, du côté de
la mer Morte , où étoient couchés
Satan & Adramélec. La terreur ſuit ſes
regards, vole, & ébranle la terre juſ-
ques dans le fond ténébreux de ce triſte
goufre. Les deux reprouvés ſentirent
alors tout le poids de leur miſere. Le décret par lequel l'Eternel annonça dans
Eden, que Jeſus écraſeroit la tête du ſer-
pent, étoit au moment de s'accomplir. A
meſure que le Rédempteur verſoit ſon

fang fur la croix, les jugemens du Me
fie vainqueur s'appefantiffoient fur le
enfers, mais fur-tout fur la tête impi
de Satan & d'Adramélec. Dans les tran
ports de fa fureur, Satan, déchiré p.
des tourmens inouis, faifoit voler e
éclats les rochers fouterreins. Apre
avoir ébranlé l'abyfme par fes fon
bres rugiffemens, il s'écria, en pa
lant à Adramélec : « L'éprouve-tu
» comme moi, ce tourment, ce tour
» ment affreux, ce tourment enflamm
» qui verfe dans toutes les parties d
» mon être toutes les horreurs de l
» mort, de la mort éternelle ? Je vou
» drois en vain te donner une idée d
» ce que je fouffre... Non, l'enfer n'
» point d'images affez affreufes, affe
» terribles, pour te peindre ma fitua
» tion ! Juge de ce que je fouffre, pui
» que je ne fuis plus fenfible à la joi
» de te voir fouffrir toi-même ! jug
» de mon humiliation & de l'excès d
» mon défefpoir, puifque je me trouv
» forcé, malgré moi, de reconnoîtr
» qu'il eft tout-puiffant... oui, tout
» puiffant... & moi, le monftre le plu
» vil & le plus déteftable de l'abyfme
» Je porte fur moi tout le poids des en

»fers; j'én éprouve tous les fupplices à
»la fois... Mais eft-ce lui dont le ton-
»nerre m'a précipité dans ce gouffre ?...
»Un ange nous a ordonné de fuir, &
»nous avons fui ! Au nom de qui l'En-
»voyé de Dieu nous l'a-t-il ordonné ?...
»Mais où fuis-je ?... Quelle nouvelle
»vengeance menace ma tête rebelle ?...
»Je n'ofe prononcer fon nom redou-
»table !... Celui au nom de qui nous
»avons fui, celui que nous avons pour-
»fuivi, perfécuté... peut-être il meurt
»en ce moment !... Un trait enflam-
»mé, un trait deftructeur vole & me
»perce avec cette penfée... Quelle
»obfcurité ? Je ne vois aucune iffue
»pour pénétrer dans ce myftere !...
»Tout, tout eft malheur autour de
»moi !... & je fuis fa victime pour
»l'éternité ! Jufqu'à cet efpoir qu'en-
»fante la rage, l'efpoir affreux d'être
»anéanti, eft détruit dans mon cœur...
»Vous mondes, & vous cieux, ren-
»trez dans la nuit du chaos, confon-
»dez-vous avec les enfers, & cachez
»moi à l'œil vengeur du Tout-puif-
»fant ! »

L'orgueilleux Adramélec, dans fa

confternation & fon accablement, pu
à peine arracher de fa poitrine fuffo
cante ces cris de défefpoir :

» O monftre !... ô Satan ! fecours
» moi... fecours-moi, je t'en conjure
» je t'adorerai, fi tu l'exiges ; mais fe
» cours moi ! »... En rugiffant ces mot
entre-coupés par la douleur & par l
rage, il faifit Satan avec fes mains de fer
» Scélérat réprouvé, aide-moi !... J
» fouffre les tourmens de la vengeanc
» & de la mort éternelle ! Jufqu'au fen
» timent de la haine que je te porte
» eft fufpendu dans mon cœur, & c'e
» la plus cruelle de mes afflictions ! J
» fuccombe à l'excès de mes maux ; j
» voudrois te maudire, & je ne le puis
» te maudire de la lâcheté que j'ai e
» d'implorer ton fecours... Hélas ! c'é
» toit une fatisfaction pour moi, quan
» je pouvois encore te détefter & t
» maudire ... quand je méditois de m
» venger de toi !... Mais je veux, oui,
» je veux...» En difant ces mots, il
tomba fans fentiment.

C'eft ainfi que la main puiffante du
Meffie triomphant s'appefantiffoit fur
ces orgueilleux criminels. Elle s'éten-

dit auffi fur le refte des enfers dont les voûtes retentirent des hurlemens du défefpoir de fes habitans.

Mufe de Sion, détourne tes regards de ces lieux de tourmens. Une fcène plus intéreffante, une fcène qui mérite notre adoration, la fcène où s'accomplit cette mort qui adoucit notre mort, s'ouvre devant toi !

Jefus détournant fa vue fixée fur la mer Morte, la porta fur la multitude dont il étoit environné. Les uns debout, d'autres à genoux, méditoient, prioient, pleuroient ; tous gardoient un profond filence. Le fentiment de l'amour éternel pénétra le cœur de Jefus-Chrift, en contemplant toutes les ames qui n'avoient encore habité aucuns corps mortels, & qui n'avoient pas fanctifié la pouffiere. Le moment à jamais folemnel d'envoyer fur la terre ces ames prédeftinées qui la béniffent & la rendent illuftre, approchoit. La renommée, à la vérité, ne fait pas toujours retentir leurs hauts faits de fiécles en fiécles ; mais l'exemple de leurs vertus, dont leurs contemporains ont été les témoins, fe tranfmet à leurs defcendans, & devient

fans éclat & fans bruit le germe précieux des moeurs & des actions de la
poftérité la plus réculée. C'eft ainfi que
le mouvement circulaire, occafionné
par la chute d'un corps, fe propage &
s'étend fur la furface de l'eau. Mais avant
que ces ames immortelles, qui devoient
être choifies, dans ce moment augufte,
pour être unies à des corps mortels,
fuffent conduites à leur deftination,
une des plus nobles d'entr'elles, éclairée d'un rayon de cette lumiere qui
devoit la fanctifier pendant fon féjour
fur la terre, fentit développer en elle
ces penfées fublimes :

» Oüi, c'eft-là le Fils de l'Infini ; je
» le fens : la Majefté divine émane de
» fa face, comme la lumiere émane
» des foleils répandus dans les régions
» des cieux. Cependant il ne reffemble
» pas aux anges : il a la figure des hom-
» mes qui l'environnent ; mais ceux-ci
» ne lui reffemblent que par la figure !
» Ils ont dans l'air quelque chofe de
» finiftre & de bas, quelque chofe qui
» annonce la haine contre le Créateur !
» Qui peuvent être ces hommes ? Quoi !
» faudra-t-il que nous devenions des
» hommes comme eux, que nous mou-

»rions comme eux, que nous ne vi-
»vions qu'un moment pour paroître
»ensuite devant l'Eternel ? Y a-t-il
»une autre espece d'hommes vers qui
»le Créateur nous envoie ? ou bien
»ceux-ci sont-ils les enfans d'Adam ?
»S'ils en descendent, ils sont nos freres
»futurs ; mais cette terre que je vois,
»ne me paroît pas celle où Adam re-
»çut la vie : elle étoit bien plus ma-
»gnifique !.. Que ce que tu as résolu,
»ô mon Pere ! Pere des anges & des
»hommes ! que ta divine volonté soit
»faite, & la tienne aussi, ô Fils du
»Pere !.. De toutes les difficultés qui
»se présentent à moi, la plus impéné-
»trable est de comprendre que tu puisses
»souffrir, ô Fils de Dieu !.. Elevé au-
»dessus de la colline, & suspendu par
»des cloux à une croix, une vie mor-
»telle semble s'écouler de ton corps ;
»& tu sembles toi-même sentir doulou-
»reusement qu'elle est prête à s'enfuir !
»Et vous, esprits célestes, vous, nos
»guides, & qui autrefois éclaircissiez
»nos doutes, vous gardez le silence ?..
»Mais quel sentiment secret me dit in-
»térieurement que cette vie qui s'é-
»chappe & s'envole, est un mystere

» qui me concerne de plus près que
» tous les féraphins ! Je fens qu'il me
» devient encore plus cher... Ah ! s'il
» avoit pour moi le même amour dont
» je brûle pour lui, alors peut-être il
» effaceroit la tache de mon origine,
» lorfque je pris part à la révolte & à
» l'orgueil des premiers enfans de la
» terre ! Il intercéderoit pour moi au-
» près de l'Eternel ; il me pardonne-
» roit & m'affocieroit à fa béatitude !
» Acheve ton ouvrage dans ta créa-
- ture, ô mon Dieu ! & fortifie en elle
» le faint attrait, le defir ardent qu'elle
» a de s'unir à toi pour jamais ! Tu es
» le centre de la félicité ! ce n'eft que
» dans ton fein qu'on peut goûter la
» paix & la joie éternelle ! »

Dieu lui-même rempliffoit cette ame
de ces fentimens pieux : il l'avoit pré-
parée de loin pour être l'exemple de
la terre, & pour la couronner dans
les cieux.

Les anges deftinés à fervir de gar-
diens à ces ames, attendoient avec une
douce impatience, au pied de la croix,
que le Sauveur leur commandât de les
conduire vers les corps mortels qui les
attendoient. L'ordre fuprême partit d'un

regard béniſſant du Sauveur qui di-
ſoit : « Allez, vivez, croyez & triom-
» phez ; je vous aimois déja avant la
» naiſſance du monde. » Et les anges
les conduiſirent.

Raconte-moi, Muſe de Sion, comment ces ames employerent le tems
de leur pélerinage ſur la terre, & par
quelles vertus héroïques elles ſe con-
ſacrerent à l'auguſte Rédempteur,
chacune ſelon les dons qu'elle avoit
reçus.

L'impreſſion qu'elles avoient éprouvée à la vue de Jeſus en croix, gra-
vée en elle, ſe développa, & s'étendit
avec les idées de la vie mortelle, &
avec les idées plus ſublimes de la grace
que le Sauveur avoit verſée ſur elles.

Une des plus nobles & des plus
pieuſes de ces ames, fut celle du jeune
Timothée. Il étoit encore dans la fleur
de l'adoleſcence, lorſqu'il commença
à ſe diſtinguer par le zéle ardent avec
lequel il gouverna une des égliſes Chré-
tiennes. Il reçut avec docilité la doctrine de Jeſus-Chriſt mort & reſſuſcité. Il fut inſtruit par Paul, ce favori
du Médiateur, qui, inſtruit lui-même
par la lumiere redoutable que lui en-

voya le Seigneur, renverfa avec un zèle infatigable tous les obftacles qui s'oppofoient à la propagation de la foi. Timothée reçut avec refpect la fcience de la vie éternelle, & la répandit par la prédication. Il l'étendit encore plus par fa mort, lorfqu'il tomba fous le glaive des bourreaux. Ferme & conftant jufqu'au bout de fa carriere, il fut une des lumieres de l'églife, & un témoin auffi puiffant que Paul & Céphas.

Jefus nommera un jour, en préfence de tous les morts reffufcités, ceux qui ont dépofé en faveur de fon nom, & les couronnera par-là d'une gloire fupérieure à toutes les gloires.

Tu reçus de bonne heure cette récompenfe célefte, vertueux-Antipas! toi, dont le Juge du monde daigna nommer le nom immortel, lorfque dans l'ifle de Patmos il prononça fur le fort des églifes! Tu as aimé ton Dieu couvert de bleffures, avec une fidélité inébranlable; tu l'as aimé d'un amour pur & ardent, jufqu'à mourir pour lui!

Hermas, livré aux larmes & à la joie, chanta le Meffie dans des Pfeaumes. Il chanta le Fils de Dieu, mort, reſſuſcité, élevé aux cieux. Il chanta le Miſérateur des foibles & malheureux mortels ! Lorſque les Chrétiens diſperſés dans les cavernes, en ſortoient à la voix de l'Eternel, pour courir à la mort, en volant à l'aſſemblée des eſprits bienheureux, ils chantoient les hymnes d'Hermas.

La courageuſe Phœbé, ſupérieure à ſon ſexe, en oublia les foibleſſes, & ſe voua toute entiere au ſervice d'une égliſe. Connue des anges ſeuls, & ſous les yeux d'un petit nombre de ſaints, brûlant du deſir de faire le bien & de gagner des ames à Dieu, elle conſacra toute ſa vie à adoucir la miſere du pauvre, à ſecourir le malade, à conſoler le mourant.

Après avoir été long-tems égaré par les préſtiges d'une fauſſe ſageſſe, Herodion recourut à la fin au plus divin des Maîtres : il ſentit que celui qui annonçoit des vérités auſſi ſublimes que les prodiges qu'il faiſoit étoient grands, étoit le ſeul qui pût véritablement faire connoître aux hommes la volonté de l'Eternel, & que connoître cette volonté & ſçavoir s'y ſoumettre, étoit le chemin qui conduiſoit à ſon divin

Auteur. Par combien de routes tortueu-
ſes & difficiles, l'auſtere ſpéculation
ne le fit-elle pas paſſer, avant qu'il par-
vînt à la lumiere que Dieu lui en-
voyoit ? Dans combien d'incertitudes
& de doutes flotta ſon ame ? Combien
de combats n'eut-il pas à ſoutenir, avant
de connoître le néant des choſes hu-
maines, & le prix des choſes céleſtes ?

Epaphras, jugé digne, avec Paul,
d'être dans les priſons du tyran, ſervit
les égliſes par l'activité de ſon zèle &
la ferveur de ſes prieres. Il pria ſur-tout
pour les Coloſſiens qu'il aimoit. Tant
qu'il vécut parmi eux, il ne ceſſa de
veiller & de combattre. Dieu le ré-
compenſa par les fruits de ſanctification
que ſes ſoins produiſirent à Coloſſe.
L'ardeur de ſon zèle & de ſes prieres
retint auſſi, pendant quelque tems, à
Laodicée quelques ames pieuſes dans le
chemin de la vertu ; mais enfin Laodicée ſe relâcha entiérement, & tomba
dans la tiédeur. Elle étoit dans cet état,
lorſque le prophete de Jeſus prononça
ſur elle à Patmos ſon arrêt de réprobation ; mais ce jugement même reſpi-
roit l'indulgence, & étoit une invita-
tion au repentir.

Perfis fut une de ces ames tendres que Dieu éprouve par les tribulations, & fanctifie par les fouffrances. Il les foutint fans murmurer ; & le fentiment de la réfignation fe mêla toujours aux larmes de fon amertume.

Apelles ne fit rien pour la renommée, qui récompenfe toujours fi foiblement la vertu, & qui plus fouvent, la perfécute. Il ne fit même rien pour mériter l'approbation du fage ; il fçavoit que le fage, quelle que fût fa pénétration & fa noble façon de penfer, ne démêle pas toujours l'intention qui dirige les actions ; que l'action n'eft que le corps vifible, & que l'intention en eft l'ame. Lorfqu'il agiffoit, & lorfqu'il s'abftenoit d'agir, il ne vouloit pour juge & pour témoin que celui qui voit tout, & n'avoit pour objet que la récompenfe qu'il promet au jufte.

Le plus grand mérite de Flavius Clemens ne fut point d'avoir renoncé courageufement au vain éclat que répandoit fur lui fa parenté avec l'empereur ; c'étoit peu de méprifer un tyran : fa véritable gloire, celle qui le rendit digne, autant qu'un mortel peut l'être, de la couronne des martyrs, fut de s'être

confacré uniquement aux fublimes de-
voirs du Chriftianifme, malgré le blâme
des citoyens les plus fenfés qui lui re-
prochoient d'être mort aux affaires, à
l'honneur & à la patrie, & de croupir
dans une oifiveté indigne d'un Romain. Son ame noble & fenfible étoit
touchée de ces reproches; mais elle les
dévoroit en filence. Il n'auroit pas
craint de paroître aux yeux de la cour
ce qu'il étoit intérieurement ; mais
comme il fçavoit que fa religion étoit un
objet de ridicule pour ces flateurs fervi-
les & pour leur maître corrompu, il
aima mieux fe concentrer dans un cercle plus étroit où il pouvoit faire le
bien & méditer tranquillement fur la
mort & fur fon ame immortelle.

Chargé de plus d'affaires qu'un homme infatigable n'eft capable d'en fupporter, Lucius fuffifoit à toutes, fans
embarras, & s'acquittoit de tous fes de-
voirs avec zèle, fans paroître ni fier
ni accablé après les avoir remplis. Le
peu de fuccès de fes foins, & l'ingra-
titude de ceux qui en étoient l'objet,
ne le rebutoient pas. Avare du tems
dont il connoiffoit tout le prix, il en
trouvoit cependant pour vaquer à la

priere, & pour fe livrer à de faintes méditations, loin du tumulte du monde.

O femmes ! que l'exemple de Try-phæna vous ferve de modele ! Vous vivez comme elle au milieu des Payens. Elle brûloit de l'amour le plus pur & le plus vertueux pour un jeune homme aimable qui réuniffoit à tous les char-mes de la beauté toutes les qualités qui rendent eftimable ; mais il facri-fioit aux idoles , & étoit inébranlable-ment attaché à leur culte. Triphæna qui redoutoit l'éloquence enchante-reffe de fon amant, la féduction de l'a-mour qu'il avoit pour elle,& plus encore l'illufion de celui qu'elle fentoit pour lui, eut le courage de le fuir & d'étouf-fer fa paffion ! Le calme, la douce joie qui fuivirent un combat fi cruel, fu-rent ici-bas la récompenfe de fa géné-reufe réfolution.

Linus , que l'efpoir de la vie même n'auroit pas féduit aux portes du tom-beau ; Linus dont l'ame aufiere & fu-blime étoit inacceffible à toutes les fri-volités dont les hommes les plus pieux font trop fouvent épris , & auxquelles ils renoncent fi difficilement ; Linus , foit qu'il fût feul avec lui-même, étoit

toujours occupé à scruter son propre
cœur. S'il se trouvoit dans la société de
ses amis, il appliquoit à chacun la mesure avec laquelle ta Sagesse mesure
l'homme, ô verbe de Dieu ! Source
primitive de toute pensée sainte, & de
tout sentiment louable ! Il passa sa vie
à répandre des fleurs sur son tombeau,
& à se perdre dans la contemplation
lumineuse & ravissante de sa résurrection.

Ignace, chargé de chaînes & condamné à la mort par l'ordre de Tra-
jan, qui, dans cette occasion, oublia
son humanité naturelle ; Ignace sup-
porta courageusement toute l'ignominie de Jésus crucifié. Qu'aucun reproche indiscret n'ose attaquer la grande
ame de ce juste qui s'étoit consacré à
Dieu, & qui parut lutter trop long-tems
contre le moment qui devoit lui procurer la couronne du martyr. Ce reproche méprisable seroit celui de l'ex-
travagance & du blasphême. Ignace,
comme un astre salutaire, se coucha
comme il s'étoit levé, lumineux & ré-
pandant une douce influence. Il nous
apprend combien les derniers momens
de la vie doivent être précieux à un

Chrétien, & ce qui lui reste encore à faire, lorsqu'il est parvenu au but des vainqueurs : tout couvert de la sueur brûlante de la carriere qu'il avoit parcourue, il s'occupe de ses compagnons de combat, & les fortifie pour la vie éternelle. Il console les uns, exhorte les autres, & les embrase de l'amour de Jesus-Christ, jusqu'à ce que le théatre sanglant le reçoive, & que les bêtes le déchirent.

Le pere, la mere, les freres & les sœurs de la jeune Claudia étoient Payens : son pere étoit recommandable par sa probité ; sa mere, par une tendresse & une bonté inaltérable ; ses freres & ses sœurs, par toutes les qualités aimables qui rendent des parens chers : Claudia chérissoit tous les siens ; & en étoit adorée : elle eut cependant le courage d'embrasser le Christianisme, de persister & de mourir dans sa croyance.

Sans humeur contre les hommes, dont il plaignoit & pardonnoit les foiblesses, Amplias ne s'étoit retiré du du monde que pour se livrer avec plus de ferveur & d'humilité à la pratique de cette grande loi, de cette loi re-

doutable qui impose aux Chrétiens de
travailler à se rendre parfait comme
Dieu : cette lumiere divine éclairoit
du haut des cieux ce vertueux habitant de la pouffiere. Il regarda, sans jamais se détourner, vers la porte étroite
d'où rayonnoit cette lumiere. Il marcha conftamment dans ce sentier difficile, y broncha quelquefois, & le franchit à la fin.

Phlégon avoit parcouru le cercle
brillant de la fageffe des Grecs : il
poffédoit de grands biens ; mais jamais
fa fortune ne le porta à la volupté, ni
fes connoiffances à la vanité. Par-tout
où ce mortel refpectable portoit fes pas,
le parfum de la bienfaifance qui fe cache, fembloit couler fur fes traces. Il
habilloit le pauvre ; il foignoit le malade en fecret & fans bruit. Il prodigua
des biens plus précieux que fes largef-
fes, par fes fages confeils : il éclairoit
l'efprit plus malade que le corps, &
verfoit la confolation dans les ames agitées par le doute. Il ramena à la vérité beaucoup de Chrétiens chancelans.
Moins encore par modeftie que par une
humilité fincere, il fembloit n'attacher
aucun prix à toutes les fciences hu-

maintes : il ne connoissoit que Jesus ,
cette Victime expiatrice des péchés,
nôtre Guide pendant la vie , & nôtre
Consolateur à la mort. Mais, lorsque ses
freres tremblans, égarés par le doute &
de fausses spéculations, hésitoient dans
leur foi, Phlégon sortoit de sa simpli-
cité ; la source de ses lumieres s'ou-
vroit ; il en jaillissoit des traits de flamme
qui subjuguoient tous les esprits, & portoient la conviction dans les cœurs.

Douce de son naturel , mais encore
plus par devoir, Tryphosa fut la plus
tendre & la meilleure des meres. Entou-
rée d'enfans, elle les éleva dans la religion du Dieu réconciliateur. Infatigable
& inépuisable dans les ressources de la
prudence & de la vertu, elle réussit dans
tout, & fut, sans le sçavoir, le soutien
de l'église de Jésus-Christ. A peine elle
eût mis au monde le dernier de ses
fils, qu'elle sentit les approches de la
mort. « Ah ! s'écria-t-elle , que n'ai-
» je pu encore élever celui-ci ?... » Elle
dit ces mots en pleurant , & mourut.
La bénédiction de l'Eternel étoit descendue sur ses enfans. Les aînés éleverent le cadet. Il fut honoré de la couronne du martyre. Des séraphins le

conduifirent à leur mere des bras de la
mort. Elle répandit des larmes en le
recevant ; mais ce n'étoit plus des larmes comme celles qu'elle avoit verfées
à la vue de fon tombeau.

Renoncer à la vengeance lors même
qu'elle feroit légitime, eft d'une ame
généreufe : aimer celui qui nous a of-
fenfés, eft d'une ame fublime; mais le
fecourir dans la mifere, & le combler
de bienfaits, en cachant la main qui les
prodigue, eft d'une ame célefte. C'eft
ce que tu fis, ô Erafte! toi dont je ne
prononce le nom qu'avec refpect. Lorfque fa grande ame arriva auprès de
Dieu, les anges, pour l'honorer, fe le-
verent de leurs thrônes d'or.

Ce furent là les ames que leurs anges tutélaires conduifirent, de la croix
du Meffie mourant, à cette vie de pro-
bation. Ils defcendirent avec elles, en
planant le long de la montagne des
oliviers, & vinrent à Gethfemane.
Lorfqu'elles arriverent aux vingt palmiers fous lefquels le Fils éternel
s'étoit préfenté au premier jugement,
elles friffonnerent. Les ames qui étoient
fous ces palmiers, les accompagnerent
de leurs bénédictions.

Siméon, & celui qui eut l'honneur
de baptiser le Réconciliateur, & de voir
l'Esprit saint descendre sur Jesus, & d'entendre la voix de l'Eternel du sein des
nuages lumineux ; le fils d'Amots, le
grand prophete de la Victime immo-
lée ; Ezéchiel, qui fut le témoin ocu-
laire de la résurrection. A peine eut-il
crié : «Ecoutez ma voix, ossemens ari-
» des.» Aussi-tôt un bruit se fit entendre dans les champs, aussi-tôt les morts
se réveillerent. Noë, qui parut pur aux
yeux de Dieu ; Loth, Samuel, Aaron,
Melchisédec prophete, prêtre & roi,
Benjamin frere de Joseph , & Joseph
frere de Benjamin ; les sept enfans &
leur mere, tous martyrs ! David &
Jonathas ; mais ils se détournoient l'un
de l'autre, dans la crainte d'augmenter
leur affliction. Miriam & Débora, vous
qui chantâtes le Sauveur !

» Ames fortunées, dit Siméon en se
» détournant de Jean, vous que le
» ciel a comblés de ses graces & de
» ses miséricordes, vous qu'il destine à
» répandre la vérité sur la terre, faites
» connoître à la postérité d'Adam cette
» lumiere plus pure & plus sainte que
» celle de la sagesse du monde. Ah !

» Jean ! qu'il eſt beau le deſtin de ces
» ames privilégiées ! Que la récompenſe
» qui les attend, eſt ſublime ! La vue de
» ces êtres céleſtes adoucit la douleur
» qui deſcend ſur nous, comme un tor-
» rent, de cette ſanglante colline de la
» mort. »

Ainſi parla Siméon en regardant fixe-
ment ſon ami. « Que ne puis-je, ré-
» pondit Jean, trouver des mots pour
» exprimer ce que je penſe & ce que
» je ſens ! Si les larmes de l'amertume,
» ſi celles de la joie pouvoient le pein-
» dre, ô mon cher Siméon ! tu connoî-
» trois tout ce que mon ame éprouve
» depuis qu'il meurt pour nous ſur une
» croix de la mort des criminels ! …
» Je me tais, & j'adore….

» Hélas ! reprit Siméon, pourquoi re-
» nouvelles-tu l'idée cruelle de ſa mort?
» Chaque parole que tu as pronon-
» cée eſt un glaive enfoncé dans mon
» cœur ; je le voyois mourir ! … Mais
» mon eſprit s'étoit déja élevé juſqu'à
» ne plus conſidérer que l'objet de ſes
» ſouffrances & les biens précieux qui
» en découlent ! Je contemplois déja
» avec raviſſement les bleſſures du mou-
» rant ; elles brilloient à mes yeux ! ..

» Mais tu viens de remettre fur moi
» tout le fardeau de la douleur, & j'y
» fuccombe! ... Quoi! cet Enfant divin
» que j'arrofai de mes larmes, que,
» fans pouvoir proférer un mot, j'éle-
» vai vers le Saint des Saints, jufqu'à
» ce que j'euffe repris enfin la faculté
» de parler & d'adorer! .. Quoi, c'eft
» lui qui verfe fon fang! ... L'Eternel,
» à la vérité, me préfagea fa mort, mais
» il ne me la fit pas voir auffi terrible
» que je la vois! .. Méconnu de tous ...
» abandonné de fon Pere ... il répand
» fon fang .... fur la croix ... parmi des
» fcélérats! ... » Siméon fe tut : la douleur étouffa fa voix.

      » Epargne-moi auffi, s'écria Jean,
» & ne me rappelle pas le fouvenir de
» la vie que nous lui avons vu mener
» avec les yeux de la chair ; cette pen-
» fée accable & déchire mon ame! Ou-
» blions le combat fanglant, & ne fon-
» geons qu'à la victoire qui doit le fui-
» vre ! Je me tiendrai dans le filence,
» jufqu'à ce que le facrifice foit con-
» fommé. »

      C'eft ainfi qu'ils tâchoient de s'arra-
cher au fentiment de leur douleur.
Celle de Miriam, & la tienne, ô Dé-

bora ! après un long & triste silence,
s'exhala par des chants doux & plaintifs ; car la voix des immortels coule
naturellement comme un cantique,
lorsqu'elle exprime des sentimens tels
que ceux qu'éprouvoient alors Débora
& Miriam. La fille d'Amram, & celle
qui, sur la montagne d'Ephraïm, donna
son nom au palmier, chanterent cet
hymne à l'unisson, en l'honneur du
Sauveur :

» O le plus beau des hommes ! Il
» étoit le plus beau des hommes ; mais
» la mort, la mort sanglante, l'a défi-
» guré !

» Mon cœur se fend ; une sombre
» tristesse m'environne… mais il est le
» plus beau, le plus parfait de tous les
» êtres créés ! plus beau que tous les en-
» fans de la lumiere ! Oui, tout couvert
» de sang, il est encore plus beau qu'eux
» tous, lorsque dans tout leur éclat,
» ils sont prosternés en adoration aux
» pieds de l'Infini !

» Cedres, jettez des larmes. Il étoit sur
» le Liban, ce cedre qui gémit : il prê-
» toit son ombre au voyageur fatigué ;
» mais il a été taillé en croix !

» Buissons fleuris de la vallée, at-
» tristez-

» tristez-vous : cette branche homicide
» croissoit près du ruisseau argentin ;
» elle a été pliée en couronne autour
» de la tête de l'Homme divin.

» Ces mains infatigables qu'il éle-
» voit sans cesse vers son Pere en faveur
» des pécheurs ; ces pieds qu'il ne se las-
» soit point de porter dans la cabane
» du malheureux : ses pieds & ses
» mains sont percés par le fer !
» Ce front divin qu'il humilioit dans la
» poussiere ; ce front d'où couloit sur
» la montagne une sueur mêlée de
» sang : ce front est déchiré par la cou-
» ronne ensanglantée !

» Le glaive de la douleur perce l'ame
» de sa Mere !... Prends pitié de ta
» Mere, Fils divin ! soutiens-la ; em-
» pêche-la de mourir !

» Si j'étois sa mere, & que je fusse
» déja dans le sein de la joie éternelle,
» le glaive de la douleur viendroit
» encore y percer mon ame !

» Miriam ! son œil s'éteint ; il ne res-
» pire plus qu'avec peine ! Bientôt,
» bientôt, hélas ! il élevera vers le ciel
» son dernier regard !

» La pâleur de la mort, ô Débora !
» couvre ses lévres flétries. Bientôt,

» bientôt, hélas ! sa tête se penchera
» pour ne plus se relever !

» Toi qui brilles là-haut, & qui
» éclaires les habitans des cieux, Jéru-
» salem céleste ! verse des larmes de
» joie ; bientôt l'heure du sacrifice est
» passée !

» Toi, dont l'aspect souille la terre,
» homicide Jérusalem, pleure sur toi !
» Bientôt le Juge viendra réclamer &
» venger son sang !

» Tous les astres se sont arrêtés dans
» leur course ; la nature interdite est
» restée muette. Le Dieu souffrant,
» Jesus, le Pontife éternel, est dans le
» Saint des Saints où il réconcilie le
» genre humain !

» Le globe de la terre s'est arrêté ; le
» soleil a cessé de luire pour les habi-
» tans de la poussiere ! Jesus, le Grand
» Prêtre éternel est dans le Saint des
» saints ; il y réconcilie Dieu avec le
» genre humain. »

Ainsi chantoient alternativement Miriam & Débora. Le dernier moment
du Médiateur approchoit visiblement....
La plûpart des ames pieuses dont il
étoit environné, se dispersent & ne
peuvent plus soutenir le spectacle de

la Victime expirante... Lebbée, d'un
pas chancelant & d'un œil qui ne distingue plus, s'enfuit.....Moins égaré,
mais aussi pénétré de douleur, Lazare
le suit de loin.

Arrivé près d'un tombeau démoli par
le tems, Lebbée y descend, va pour
se cacher derriere un tas de ruines,
tombe sur le rocher, l'embrasse & y
repose son front. Plongé dans un morne
silence, il s'enfonce dans cette obscurité plus affreuse que celle qui régnoit
sur la terre. Lazare se présente à l'ouverture du tombeau, & de cette voix
douce & touchante qui se fait écouter
par le désespoir même, il lui adresse
ces mots :

» Ecoute-moi, mon cher Lebbée, ne
» succombe pas à ta douleur : arrache-
» toi de ce funeste tombeau, & viens
» rejoindre ton ami. Ne connois-tu plus
» sa voix ? Ne connois-tu plus celui
» que tu as si tendrement aimé, & à
» qui tu es si cher ? Ne connois-tu plus
» Lazare que celui que tu pleures, a
» rappellé à la vie ? As-tu donc oublié
» la surprise & le ravissement avec les-
» quels tu revis ton ami, & remercias

K ij

» ſon Sauveur ? J'étois dans le cercueil,
» & mes membres y pourriſſoient déja...
» Combien de fois nous ſommes-nous
» entretenus de cet événement ? Pour-
» quoi ne feroit-il pas pour lui, s'il
» le vouloit, ce qu'il a fait pour La-
» zare ?... Mais, entraîné par la préven-
» tion des diſciples, tu as toujours cru
» avec eux que ſon royaume devoit
» commencer par être terreſtre, avant
» qu'il devînt céleſte. J'ai toujours com-
» battu ce ſentiment; & la façon dont
» tu as répondu à mes objections, n'a
» pas été capable de me tirer de mon
» doute, ni de me faire chercher quel-
» que choſe de terreſtre dans les ex-
» preſſions ſimples & claires dont no-
» tre Ami divin nous parloit des choſes
» céleſtes. Ne crois pas cependant, mon
» cher Lebbée, que je blâme ta dou-
» leur : elle eſt juſte ; car celle avec la-
» quelle il meurt ſur la croix, eſt inex-
» primable : je te prie ſeulement de
» n'y pas ſuccomber... Il peut encore,
» quand il voudra, deſcendre de la
» croix ; mais s'il conſent à mourir, ne
» crois pas qu'il puiſſe devenir la proie
» de la corruption. Jeſus ? le Fils de

» l'Eternel ? l'Envoyé de Dieu ? lui
» qui étoit avant Abraham ?.. il eſt im-
» poſſible qu'il périſſe ! »

Ainſi parloit Lazare à ſon ami Léb-
bée, qui ſerroit toujours de ſes mains
glacées le rocher contre lequel il étoit.
Il jetta cependant la vue du côté d'où
venoit la voix : Lazare court à lui,
l'embraſſe, &, le prenant par la main,
le tire de ce triſte lieu. Ils s'arrêtent en-
ſemble, & contemplent Jéruſalem ſous
les ténébres qui l'enveloppoient, le
temple privé de ſon éclat, Sion & Golgotha couverts d'ombres épaiſſes....
» Regarde, dit Lazare, reconnois la
» main de Dieu ſur ce théatre chargé
» d'horreur ! As-tu jamais vu un jour
» ſemblable à celui-ci ? Ton pere, au-
» cun de tes ancêtres, en ont-ils ja-
» mais vu un pareil ? Dieu l'a rendu
» célébre & mémorable par le voile
» effrayant qu'il a jetté ſur les cieux &
» ſur la terre ! Tous les êtres ſont en-
» chaînés dans un ſilence de mort !...
» Dieu, dans ce moment, accomplit, par
» le ſacrifice de ſon Fils, des choſes
» que nous ne ſommes pas en état de
» comprendre.... Depuis qu'il répand
» ſon ſang, j'éprouve un calme inté-

» rieur dont je ne peux te donner
» l'idée, & qui adoucit jusqu'à l'amer-
» tume avec laquelle je le vois souffrir !
» Je te parle de l'état de mon cœur,
» dans l'espoir de calmer l'affliction du
» tien. ... Il n'est pas donné à un foi-
» ble mortel de parler dignement du
» sentiment qui me pénetre ! Tout est
» saint autour de moi ; de quelque
» côté que je jette la vue, je vois les
» traces de l'Eternel ! Je sens sa pré-
» sence ! oui, c'est de la divinité que dé-
» coule ce repos céleste. Je ne l'éprou-
» vois pas, quand la grande Victime mon-
» toit la colline de la mort ; mais depuis
» que son sang rougit la terre, j'entens
» retentir à mes oreilles un murmure
» enchanteur, comme si j'entendois la
» marche des immortels ; je les enten-
» dois ainsi lorsque j'étois mort. Quel-
» quefois une lumiere céleste, qui se
» dissipe aussi promptement qu'elle pa-
» roît, vient éclairer mes yeux & laisse
» dans mon ame le repos, la paix de
» Dieu, & le sentiment de la béati-
» tude. »

Au moment où Lazare achevoit ces
mots, Lebbée s'écria tout-à-coup :
» Qu'as-tu ? quelle surprise ! Tu restes

» en extase ? Qu'as-tu vu ? Qui ton
» œil suit-il avec tant de joie ? »

Lazare, lorsqu'il fut revenu à lui-
même, répondit : « Un immortel pla-
» nant dans les airs, vient de passer de-
» vant moi ; jamais je n'en ai encore
» vu d'auſſi reſplendiſſant de lumiere !
» Il voloit ſi rapidement, que, ſans
» doute, il étoit chargé de quelque or-
» dre des cieux ; il a paſſé comme la
» penſée. Ah ! crois-moi, mon cher
» Lebbée, crois-moi, ajoûta-t-il en
» verſant des larmes de joie ; non, ce-
» lui que les anges ont chanté à ſa naiſ-
» ſance ; non, le Fils de l'Eternel ne
» deviendra pas la proie de la corrup-
» tion. »

C'étoit Uriel dont l'éclat avoit frappé
les yeux de Lazare dans l'éloignement.
L'immortel avoit quitté le globe du
ſoleil pour voler vers les patriarches.
» Il faut, leur dit-il encore tout en-
» flammé de la rapidité de ſa courſe,
» il faut vous inſtruire de ce que j'ai
» vu. L'ange de la mort deſcendoit du
» ciel, & avoit dirigé ſon vol vers la
» terre. Il s'arrête : il avance & s'arrête
» encore, comme pour reprendre ha-
» leine ; mais comme tout eſt immo-

» bile dans la nature, aucun fouffle ne
» le rafraîchit. Vous décrirai-je fa forme
» & fon air effrayant ? Comme il eft
» chargé du plus grand miniftere qui
» ait jamais été confié à un immortel,
» Dieu l'a armé de toutes fes terreurs ;
» jamais il n'avoit paru fi redoutable...
» Grand Dieu ! que tu es terrible dans
» tes jugemens !.. Les foudres du Tout-
» puiffant devancent la marche de fon
» envoyé. Il agite fes aîles bruyantes,
» qui retentiffent comme la tempête.
» Le calme des cieux fuit à fa préfence.
» Si, de fon glaive étincellant, il frap-
» poit un des mondes, la cendre de
» ce monde embrafé fe diffiperoit à l'inf-
» tant dans l'immenfité ! Son regard
» eft plus deftructeur qu'autrefois lorf-
» qu'il verfa fur la terre le déluge du
» premier jugement, & que, portant
» la mort de tous côtés, il marchoit
» dans les océans tombés des voûtes
» céleftes ! Vous allez le voir ; & à
» fon afpect vous ferez faifis de la
» même horreur que j'ai éprouvée moi-
» même ; la fombre trifteffe, le férieux
» effrayant qui régnoient fur fon front,
» me font redouter.... Ah ! s'il étoit
» venu pour annoncer la mort au Mé-

diateur !»... A ces mots, Uriel se détourna en frémissant, & alla se perdre dans la troupe des anges. Une surprise muette & stupide glace le cœur des patriarches ; la douleur la plus aiguë, douleur que l'homme ne peut exprimer ni sentir, y succede rapidement. Leurs yeux immobiles versent enfin des larmes. Jesus-Christ, qu'aucun des anges, quelqu'élevés qu'ils soient au-dessus de l'Homme, ne peut connoître entiérement, & que Dieu seul connoît ! le Fils de l'Eternel va mourir en ce moment ! Les ames pour lesquelles il alloit mourir, rentrerent aussi profondément qu'il étoit possible dans le sentiment de leur mortalité & du péché. Elles en éprouverent le souvenir avec toutes ses horreurs. Elles étoient rachetées, à la vérité, & elles sentoient qu'elles l'étoient ; mais elles n'en frémissoient pas moins à l'arrivée de cet instant où le Réconciliateur alloit ... mourir pour elles !

Accablé par ce sentiment douloureux, Hénoch s'appuya de sa main gauche sur un tombeau, & étendit sa droite vers le ciel. Quelque divine qu'eût été sa vie, quoique la mort ne

l'eût pas frappé, & que son corps ne
fût pas devenu, comme celui des autres hommes, la proie de la corruption,
Hénoch cependant n'avoit pas été pur
devant le juge ! La foi, la foi active
& sa confiance en celui qui alors approchoit de la mort, avoit conduit ce fils
d'Adam à la vie éternelle. Il auroit vu,
sans en être ébranlé, les soleils & tous
les mondes s'abysmer autour de lui ;
mais il ne put résister à la pensée que
le Réconciliateur alloit mourir. Les anges, les patriarches, les mortels, tout
s'évanouit à ses yeux : à peine apper-
cevoit-il encore celui qui versoit son
sang.

Près de lui, Abel se soutenoit avec
effort contre un rocher. Engendré à la
vérité, par un père coupable, il avoit
cependant été aussi innocent que pouvoit l'être un mortel avant la rédemption, & avoit consacré à Dieu la vie
qui lui fut ôtée par la main meurtriere. Celui vers lequel il poussa ses
derniers cris, celui à qui il adressa ses
dernieres prieres, à l'instant qu'il na-
geoit dans les flots de son sang fumant,
le plus innocent de tous les justes devoit périr comme lui ! Que dis-je ?

comme lui ? Non, il ne devoit pas s'en-
dormir auffi paifiblement; il alloit mourir chargé des crimes de tous les enfans d'Adam, & écrafé fous le couroux
du Juge tout-puiffant !

Seth, le digne frere du premier que
la mort moiffonna, & qui, dès les
premiers jours du monde, avoit déja
annoncé la Victime qui devoit expier
un jour les péchés du genre humain;
quoique pendant les fiécles qu'il vécut, il n'eût été occupé qu'à méditer
fur la mort du Meffie, & fur ce qui
devoit en réfulter, Seth cependant ne
s'en étoit fait qu'une foible image en
comparaifon de ce qu'il fentoit alors.
» O juge de ce qui eft, de ce qui a
» été & de ce qui fera ! » dit-il en tremblant jufqu'au fond de fon cœur, &
d'une voix entre-coupée. ... En difant ces mots mal articulés, il portoit
fa vue inquiéte vers le ciel, vers la
croix, vers les rachetés & vers le tombeau !

Depuis long-tems David errant çà &
là d'un pas chancelant, fembloit avoir
les yeux couverts d'un voile épais; mais
quand il eut entendu Uriel, il demeura
immobile & comme attaché à la terre.

K vj

Il fixa fes regards fur celui qui s'approchoit de la mort : fon cœur fut totalement abforbé dans la contemplation
de cette mort de Jefus dont Dieu l'a-
voit jugé digne autrefois de porter l'i-
mage empreinte dans fon ame. Cette
grande idée le rempliffoit tout entier.
Lorfque la faculté de parler lui fut reve-
nue, ces mots entre-coupés fortirent de
la bouche du Prophete-Roi. «O Dieu !
» dit-il en verfant un torrent de lar-
» mes , ô Dieu ! tu l'as abandonné ! Il
» adreffe fes foupirs vers toi, & tu ne
» lui envoies aucun fecours ! Fils du
» Tout-puiffant, tu es comme un foi-
» ble infecte, & non comme un hom-
» me ! Les pécheurs t'ont environné
» dans leur fureur , & fe rient des maux
» que tu fouffres ! Les pécheurs réprou-
» vés fe moquent de ta confiance en
» Dieu ! Il eft répandu comme l'eau ;
» tous fes os font féparés ; fon cœur
» eft fondu dans fon corps ; fa force eft
» féchée comme les débris d'un vafe
» d'argille ; fa langue eft collée à fon
» palais ! Bientôt, ô mort ! bientôt tu
» le coucheras dans la pouffiere ! Ce
» ne font plus des hommes , ce font
» des bêtes féroces ceux qui t'égorgent

» Ils t'ont couvert de bleſſures ; ils t'ont
» percé les mains & les pieds ! Ils
» t'ont étendu ſur une croix ! on pour-
» roit compter tous tes os ! Les Barba-
» res te contemplent, & repaiſſent leurs
» yeux d'une joie infernale ! O Juge
» du monde ! ô Dieu ! que la penſée
» de ta mort, de cette mort qui expie
» tous les crimes, eſt ſainte, myſté-
» rieuſe & ſublime. ! Qu'elle ſoit an-
» noncée à toute la terre, afin qu'elle
» ſe convertiſſe à Dieu, & qu'il ſoit
» adoré par toutes les générations des
» hommes ! »

Job qui, éprouvé par les ſouffrances,
étoit reſté un homme ſelon le cœur
de celui qui lui envoya les ſouffrances ;
un juſte autant que peut l'être un mortel que l'épreuve du Juge ſuprême jette
ſur la pouſſiere ; Job qui connoît la
mort & toutes ſes terreurs, ne peut
s'arrêter davantage à la penſée de celle
qui environnoit le Meſſie. Il s'arrache
à ſes méditations profondes, & cherche à fortifiet ſon cœur avide de repos.
» Il vivra, dit-il, il vivra ! Il s'éveillera
» de la terre ! Il reſſuſcitera vainqueur
» de la mort & de l'enfer ; il ſe tiendra
» ſur ſon tombeau ! Alors, ô mon Sau-

» veur | ô mon Rédempteur | ô mon
» Dieu | mon œil te verra dans ta gloire
» & dans ta magnificence ! »

C'eſt ainſi que ces ames tendres &
pieuſes étoient affectées, dans l'attente
de l'ange de la mort ; mais aucune ne
ſentoit approcher la fin du Médiateur
avec une douleur auſſi vive que le
pere & la mere du genre humain. Il y
avoit déja quelque tems qu'Uriel, dépouillé de ſa ſplendeur, s'étoit caché
parmi les anges ; qu'Adam & Eve immobiles, ſe tenoient encore vis-à-vis
l'un de l'autre, en ſe regardant d'un
œil fixe. Les paroles foudroyantes de
l'ange avoient porté la terreur dans toutes les facultés de leur être ; ils ſe re-
connurent enfin. C'eſt ainſi qu'au dernier des jours, lorſque le ſon impérieux de la trompette, le retentiſſe-
ment des campagnes agitées par le travail de la réſurrection, & le ſentiment
de leur nouvelle vie ne troublera plus
les morts appellés à une nouvelle
création, l'ami reconnoîtra l'ami, &
le frere reconnoîtra le frere qu'ils regardoient auparavant ſans des connoître. Eve en pleurant, tendit la main à
ſon époux, en lui diſant : « O Adam !

» que ferons-nous ? Dis-moi ce qu'il
» faut que nous fassions, & ce qu'il
» faut que nous ne fassions pas. Irons-
» nous nous cacher dans les profon-
» deurs inconnues ? Nous y prosterne-
» rons-nous sur la poussiere ? Implo-
» rerons-nous le Tout-puissant, le Juge
» inexorable ? lui demanderons-nous
» qu'il adoucisse la mort de son Fils ? »

Adam lui prit la main en pleurant.
» Non, lui répondit-il, non, mere des
» hommes, nous sommes trop peu de
» chose pour oser implorer le juge en
» sa faveur. Quand, avec une ferveur
» & une douleur semblable à la nôtre,
» Daniel, Job, Noë, & le premier de
» tous les êtres créés, le grand Eloa, se
» joindroient à nous, hélas ! nous sup-
» plierions inutilement ! Ce qu'il est
» résolu que doit encore souffrir la Vic-
» time, elle le souffrira ; aucun soula-
» gement n'adoucira les horreurs de
» ses derniers momens, si le Juge im-
» pénétrable auquel il s'est offert, l'a
» prononcé ! Viens, suis-moi ; une pen-
» sée qui ne me vient pas sans l'in-
» fluence divine, m'entraîne ; viens,
» & fais ce que tu me verras faire. »

Ils descendirent en planant d'un vol

trifte, le long de la montagne des oliviers. Les anges & les patriarches étonnés, les fuivirent des yeux, & autant
que leur inquiétude & leur douleur
purent le permettre, ils porterent leur
attention fur ce qu'alloient faire Adam
& Eve. A mefure qu'ils approchoient
de la colline de la mort, le redouble-
ment de leur affliction leur faifoit perdre de leur éclat. Ils s'arrêtent près du
tombeau, où, enfeveli dans la pouffiere comme le refte des mortels, le
Meffie devoit bientôt fommeiller, après
avoir confommé le plus fublime des
facrifices. Ils fe mirent l'un & l'autre
aux deux extrémités d'un éclat de
rocher qui avoit roulé jufqu'auprès de
l'ouverture du tombeau. Eve pénetrée
d'effroi à l'afpect de ce tombeau où le
Meffie alloit bientôt defcendre, ne pouvant plus fe foutenir, s'appuya contre
le rocher. Adam raffemble tout fon courage ; il étend fes bras vers le ciel, prononce trois fois intérieurement le nom
du Réconciliateur, & le regarde fixe-
ment fufpendu à la croix & couvert
d'une pâleur qui jamais ne défigura
un mortel. Il ne peut fupporter long-
tems un fpectacle fi cruel : il tombe fur

la terre, le front appuyé fur fes mains jointes, & baiffe fes yeux vers cette terre de laquelle Dieu le tira autrefois, & dans laquelle, après la malédiction, fes offemens, les offemens d'un coupable, avoient pourri : dans laquelle, d'un fiécle à l'autre, les générations des hommes avoient pourri. Il éleva alors fa voix fuppliante, & fit cette priere que les patriarches & les anges entendirent :

» Seigneur, Seigneur ! Dieu de clémence & de miféricordes ! Victime » expiatrice des crimes de la terre ! toi » qui as été immolé pour nous depuis le » commencement des mondes, grand- » prêtre, prophete & roi ! toi Fils de » l'Homme ! entends du haut de l'autel » fanglant où tu es facrifié, entends la » profonde priere que nous élevons » vers toi des bords de ton tombeau ! » Dieu nous a pardonné notre crime ; » & depuis des milliers d'années, nous » jouiffons de la vue de la Divinité. » Remplis d'une béatitude dont nous » nous efforcions en vain de nous faire » une idée dans les tems même où » les penfées infpirées par le Créateur

» exiſtoient en nous dans toute leur
» pureté; que nous n'étions pas encore
» condamnés à mourir, & que nous
» voyions Dieu ; notre péché nous fut
» pardonné en faveur de la mort que
» tu ſubis en ce moment. Permets, ô
» Dieu miſéricordieux ! qu'en ce jour
» d'une nouvelle création où tu ra-
» menes à l'aſpect de l'Eternel toute
» la race des hommes qui ne s'en ren-
» dront pas indignes ; en ce jour où tu
» les réconcilies tous, où tu anéantis les
» péchés de tous, où tu les arraches à
» la mort éternelle ; permets, ô divin
» Médiateur ! qu'en ce jour où tu t'of-
» fres auſſi pour moi, j'oſe me rappeller
» mon crime avec tous les ſentimens
» du repentir & de la douleur la plus
» amere ! Ce n'eſt pas, ô mon Dieu !
» que je craigne d'être cité une ſeconde
» fois à ton jugement redoutable. Com-
» ment cela ſe pourroit-il , puiſque j'ai
» vu la face de Dieu , & qu'à préſent
» tu entres pour moi dans le Saint des
» Saints ? Permets cependant que je
» confeſſe encore une fois ce que j'é-
» tois ! O juge des mondes ! tu t'es hu-
» milié juſqu'à la mort, juſqu'à la mort

» de la croix ! Adam ose aujourd'hui
» se rappeller le souvenir de ses cri-
» mes pardonnés. »

Pénétré tout à la fois d'une affliction sainte & du sentiment de sa béatitude, Adam cessa de parler. Eve qui
jusques-là n'avoit prié que dans son
cœur, éleva la voix, & dit :

» Dans ce jour sanglant, dans ce
» jour où, sacrifié pour nous, on te
» descendra dans le tombeau, permets
» qu'Eve ose se souvenir aussi de son
» crime pardonné, & le confesser avec
» humilité & des larmes de reconnois-
» sance. . . .

» Oui, reprit Adam, nous le conçû-
» mes & nous l'achevâmes ensemble,
» ce crime de rebellion !. . . Hélas ! &
» qui nous avoit donné le plus facile
» des commandemens ? . . . Jéhova . . .
» le plus sublime, le plus aimable, le
» meilleur des Maîtres, l'Etre des êtres !
» notre Créateur qui nous tira du sein
» de la poussiére ! lui dont notre ame
» enchantée connoissoit & sentoit toute
» l'excellence & la bonté ; qui faisoit
» succéder le ravissement à chacune de
» nos priéres, & nous récompensoit
» par les joies les plus pures de cha

» cunes des réfolutions que nous pre-
» nions de ne pas manger du fruit de
» l'arbre, chaque acte de foumiffion
» avant notre chûte ; qui nous rap-
» pelloit fans ceffe fon fouvenir par le
» fpectacle varié de tous les objets di-
» vers dont il avoit embelli notre fé-
» jour ; qui me donna pour compagne
» la mere du genre humain, & m'unit
» à elle ! Lui dont la majefté nous éle-
» voit plus céleftement jufqu'à lui, que
» toutes les merveilles dont nous étions
« environnés. . . . Cependant nous ofâ-
» mes vouloir fortir des bornes qu'il
» nous avoit prefcrites, & nous égaler
» à toi , ô principe de tous les êtres !
» Tu nous l'as pardonné, pere trop
» indulgent ; gloire, adoration, re-
» connoiffance & foumiffion foient
» rendûes au Rédempteur, fur lequel
» le jûge a jetté tout le fardeau de no-
» tre crime & celui des crimes de toute
» notre poftérité. »

Ainfi parla Adam à haute voix,
tandis qu'Eve répétoit les mêmes
chofes dans la profondeur de fon ame.
Dans ce moment la miféricorde, la
force divine & la tranquillité du ciel
partirent de la face du Réconciliateur

mourant, & se répandirent sur Adam
& sur Eve. Tu descendis aussi sur
eux, paix de Dieu, qui es plus sublime & plus précieuse que toute la
raison humaine. Ils sentirent combie
le Sauveur les aimoit. Adam animé
d'une nouvelle ferveur, s'écria en éten-
dant ses bras vers la croix :

» Comment, ô mon Dieu ! ô Dieu
»plein d'amour ! comment puis-je te
» remercier ? Des éternités ne suffi-
» roient pas pour t'exprimer ma recon-
» noissance ? Je veux, ô Seigneur ! je
» veux rester prosterné ici, & prier jus-
»qu'à ce que ta tête divine se penche
» dans les ténebres de la mort. Ce n'est
» que devant le plus redoutable des
» anges, devant sa croix, que ma voix
» se taira, lorsqu'il viendra annoncer ta
» mort de la part de ton Pere qui t'a
»abandonné ! Daigne, daigne, mon
» Dieu, écouter ma priere ; je t'en con-
»jure au nom de ces angoisses que tu
» souffres pour les pécheurs ! C'est pour
» tes réconciliés, pour mes enfans, pour
» tous ceux qui à l'avenir habiteront la
» terre, ce vaste & redoutable tom-
»beau, dont cependant ta main bien-
» faisante a couvert la surface de fleurs,

» & qui reſſuſciteront un jour avec tous
» ceux qui auront été endormis pen-
» dant tous les ſiécles qui ont précédé
» la réconciliation ; c'eſt pour la mul-
» titude innombrable de tous mes en-
» fans, ô Seigneur ! que je t'adreſſe ma
» priere ! Ils ſont enfantés ſur la terre
» parmi les larmes ; leurs corps ſont
» ſujets à mille beſoins ; leurs ames ont
» plus de beſoins encore. Dès leur naiſ-
» ſance tu as pitié d'eux, & tu les
» reçois dans ta divine alliance. Lorſ-
» qu'ils ſont en état de penſer, rappelle-
» leur ſouvent le miracle par lequel tu
» les a adoptés, & qu'ils ſoient à toi
» pour toujours, ô Seigneur ! Ceux qui
» reçoivent dans l'eau ſainte l'eſprit du
» Pere & du Fils pour la vie éternelle,
» ceux que tu y appelles par d'autres
» voies, tous ceux que tu rachetes au
» prix de ton ſang, & que tu as con-
» ſacrés à la jouiſſance de la vue de
» Dieu, daigne-les conduire à l'âge
» floriſſant ! Soigne les rejettons ten-
» dres & flexibles ; fais-les parvenir à
» la maturité à laquelle tu les deſtines !
» Que le péché n'étouffe point en eux
» le germe de la grace qui les éclaire
» de bonne heure ; & n'éteigne pas le

»feu de l'amour qui doit les embraſer
»pour toi! Qu'il ſe conſerve ſur-tout
» dans ceux que tu as choiſis pour éclai-
»rer la terre & la faire reſſouvenir
»de Dieu, & dans ceux que tu as
»placés ſur un théatre plus élevé pour
»verſer les bienfaits, la protection,
»la juſtice, & la paix ſur leurs freres !
» Fais que les hommes n'oublient ja-
»mais ce qu'exige d'eux avec tant d'in-
»dulgence & de miſéricorde, le plus
»grand, le plus ſaint, le meilleur de
»tous les Maîtres, & qu'ils emploient
»tous pour leur béatitude la durée de
»leur courte vie, ces heures de pro-
»bation qu'ils ont à paſſer ſur la terre !
» Que le voyageur imprudent ne perde
» pas en s'endormant ſur les bords du
»ruiſſeau, & ſous les ombrages trom-
»peurs, la couronne immortelle que
» Dieu lui montroit de loin, ou qu'il
»ne la ſacrifie pas à des joies paſſage-
»res ! N'abandonne pas ceux dont le
» cœur n'étant pas entiérement à toi,
»ſe repoſe trop ſur les ſecours hu-
»mains ! ceux à qui la gloire eſt trop
»chere, & qui préférant ſouvent pour
»récompenſe de leurs actions les vains
»applaudiſſemens des hommes, ou-

» blient l'œil de Dieu, cet œil qui voit,
» qui pefe & qui juge , & devant qui
» le blâme & la louange des mortels
» ne font que comme les bulles d'air
» que le moindre fouffle diffipe! ceux
» qui, après s'être plongés dans les fen-
» fualités, brifent courageufement les
» liens des plaifirs , mais confervent
» cependant le goſt d'une volupté plus
» fine qui les féduit & les éloigne de
» la fource des joies pures ! ceux qui
» n'ont pas aimé entiérement leurs
» freres, qui ne les ont pas chéris d'un
» amour véritablement cordial ! celui
» qui, à la vérité, fait le bien, mais qui
» a la foibleffe de defirer d'être vu, &
» qui demande la réputation pour ré-
» compenfe de la plus facile de toutes
» les vertus ! celui qui ne pardonne
» qu'à demi à fon ennemi, qui a de la
» peine à remettre tout à celui qui s'eſt
» réfervé la vengeance, & qui n'eſt pas
» affez généreux pour bénir celui qui le
» maudit ! ceux qui jettent rarement les
» yeux fur le tombeau, & penfent trop
» legérement à l'immortalité pour la-
» quelle tu les avois créés ! S'ils n'écoutent
» pas la voix de la grace, la douce voix de
» leur Pere, Seigneur, rappelle-les à toi,
» &

» &c tire-les de leurs erreurs par la voie
» des souffrances ! Mais ceux qui s'é-
» loignent totalement de Dieu , qui
» font leur idole du crime, & qui après
» lui avoir sacrifié en esclaves, devien-
» nent les victimes & les jouets de ce
» tyran cruel qui les dégrade & les op-
» prime ; éveille-les du sommeil de la
» mort par la voie de la misere & de la
» calamité ! Ah ! mes enfans , mes chers
» enfans , vous êtes l'objet de toute la
» tendresse de celui qui offre sur la croix
» sa vie pour vous à l'Eternel ! Pourriez-
» vous , créatures nées pour l'immorta-
» lité , pourriez vous méconnoître votre
» réconciliateur ? pourriez-vous mécon-
» noître la vocation qui vous appelle à la
» lumiere & à la vie éternelle ? Frappe les
» cœurs de pierre, ô mon Dieu ! fais-y
» pénétrer un rayon de ton amour tout-
» puissant ! crée-les de nouveau , &
» ramene-les purs vers l'Eternel ! Que
» votre cœur ébranlé écoute la voix du
» sang qui ruissele sur Golgotha , & qui
» crie grace pour vous , grace !....
» grace !.... Que cette voix se fasse
» entendre à vos ames avec un saint
» frémissement , avec adoration , &
» avec ce ravissement qui est un avant-

Partie II.   **L**

» goût de la vie éternelle , & qui for-
» tifie plus puiffamment les foibles mor-
» tels à l'afpect du tombeau , que toute
» la fageffe de la terre ! Tu exauces ma
» priere , ô Dieu immolé ! ... Ni le
» regard douloureux du mourant , ni la
» vue de fon cadavre , ni l'horreur des
» préparatifs de fa fépulture , ni la foffe
» pleine de corruption qui va le rece-
» voir , ou le bûcher qui va le confu-
» mer , ni les cendres du mort difper-
» fées dans les airs ; rien enfin de ce
» qui rend le trépas fi terrible , ne fera
» plus capable de les effrayer ! Oui ,
» mon Dieu , tu exauces ma priere ;
» tu éveilles leurs ames , avant que leurs
» corps s'endorment , pour la vie éter-
» nelle ! Ah ! puiffent-ils , lorfque tu
» les auras éveillés , ô Homme-Dieu !
» puiffent - ils chercher avec temble-
» ment & crainte cette béatitude célefte
» qu'aucun œil n'a entrevue , don
» aucune oreille n'a entendu parler ,
» dont l'efprit d'aucun mortel , encor
» attaché à la matiere , ne s'eft fait un
» idée ! Ne les fépare point , ô Homme
» Dieu ! ne les fépare pas de ton amour
» Le corps dans lequel eft enchaîné
» leur ame , ta réconciliée , l'héritier

» de l'éternité : ce corps eſt de pouſ-
» ſiere, ne permets pas que le fardeau
» de ce corps terreſtre courbe vers la
» terre ces ames qui te ſont cheres;
» elles que l'Eſprit du Pere & du Fils
» ſe conſacre pour temple. Que les com-
» bats qu'elles livreront ſans ceſſe pour
» mériter le ciel, ſoient ardens, rem-
» plis de larmes & de travail, & auſſi
» dignes de la grande récompenſe, que
» peuvent l'être les efforts des foibles
» créatures ſujettes à la mort & au
» péché ! La béatitude coule ſur moi
» comme un torrent, & la joie péné-
» tre mon eſſence la plus intime, lorſ-
» que je penſe que la vue de Dieu
» même, & la connoiſſance de ſon être
» admirable ſera le prix des vainqueurs!
» Dans leur état mortel, ils n'ont en-
» core & ne peuvent avoir aucun ſenti-
» ment de la félicité qui les attend. O
» toi qui as conſommé l'ouvrage du
» bonheur de ma poſtérité ! lorſque tu
» viendras pour ton dernier jugement,
» & que, déchargeant la terre du poids
» de la malédiction, tu la transformeras
» en un nouvel Eden, fais alors que le
» nombre de ceux que tu auras abſous,
» & que tu admettras dans le ſéjour de

L ij

» ta gloire, foit innombrable comme le
» fable fur le rivage de la mer ! Tu ne
» me l'as pas caché, Seigneur ! fou-
» vent des nuages s'étendront fur tes
» élus ; fouvent les ténèbres du Fana-
» tifme impie & les fureurs de l'Athéif-
» me couvriront l'affemblée de tes en-
» fans ! Les maîtres du monde eux-
» mêmes, que tu as élevés au rang fu-
» prême, afin qu'affranchis de toutes
» fortes de befoins, ils puffent remplir,
» à l'égard de leurs freres, la grande
» loi par laquelle tu leur ordonnes de
» les aimer comme eux-mêmes ; eux
» qui, courbés fur la pouffiere, de-
» vroient fans ceffe remercier & glori-
» fier le Dieu qui a ouvert un champ
» fi vafte à leur humanité : ils fe dé-
» gradent jufqu'à devenir eux mêmes
» les miniftres de la fuperftition fan-
» glante ou les efclaves des infenfés
» qui nient ton exiftence, jufqu'à tour-
» menter leurs propres freres, ou les
» égarer par leur exemple puiffant, &
» les entraîner dans des déferts où tes
» fources ne coulent pas, où aucune
» confolation d'un monde meilleur ne
» foutient ceux qui defirent & méritent
» des confolations ! Abrége, ô mon

»Dieu ! ces jours de ténébres & d'er-
» reurs quand ils viendront s'étendre fur
»le globe de la terre ! Empêche que tes
»élus, féduits avec les pécheurs, ne
»foient expofés à perdre cette cou-
»ronne que tu leur as acquife au prix
»de ton fang, au prix de cette mort...
»Qu'elle foit innombrable, Seigneur,
»la troupe de tes élus, qu'elle foit in-
»nombrable comme les gouttes de la
»rofée que diftille le matin, comme les
»aftres qui brillent dans le cieux ! O toi
»dont l'amour pour nous eft un myf-
»tere pour les anges même, & l'objet
» de leurs chants & de leur admiration !
»Lumiere éternelle de la Lumiere éter-
»nelle, Fils de Dieu, Réconciliateur,
»Source du falut, Interceffeur, Ami,
»Frere des hommes, exauce la priere
» de tes premiers-nés, des premiers
» pécheurs de la terre, que tu viens
» de racheter ! »

Adam prioit encore, lorfqu'Eloa fe
tournant du côté des patriarches, cria
du haut du temple d'une voix qui ébranla
les fondemens de Moria & les voûtes
du fanctuaire, d'une voix qui imprimoit
la trifteffe & l'horreur, & telle que les

immortèls n'en avoient jamais entendue : « Il vient !... »

Le miniſtre du Tout-puiſſant deſcendit, en planant, vers la terre, & s'abbattit ſur Sinaï. Il paroiſſoit effrayé luimême... Seul, chargé des ordres de l'Eternel, il ſe tint ſur Sinaï. Il lui ſembla que la terre & les cieux étoient prêts à ſe confondre, à s'abyſmer, à s'anéantir !... La main qui conſerve les êtres finis, s'étendit ſur lui, & le fortifia ; afin qu'il ne fût pas lui-même mis en fuite, abyſmé, anéanti ! L'horreur dont il étoit ſaiſi ſe diſſipa. Mais il étoit toujours agité par la ſurpriſe & la douleur. Sa main chancelante ſoutenoit à peine le glaive flamboyant. Ses rayons étincellans comme le fer rougi dans la fournaiſe, actifs comme l'éclair lorſqu'il eſt envoyé par l'Eternel pour donner la mort, ſes rayons pâliſſoient & ne jettoient plus qu'une lueur ſombre. Dans le trouble que lui cauſoit la vue du Sauveur mourant, l'ange ſe proſterna ſur ſa face, du côté de la colline, pour adorer avant d'exécuter les ordres de Jéhova. Sa voix n'étoit plus tonnante comme auparavant ; elle n'articula que ces sons foibles & plaintifs, que le cercle des saints entendit cependant :

»Fils de l'Eternel ! Juge du monde ! ce»lui que ton sacrifice seul pouvoit récon»cilier, m'envoie vers toi, moi être fini !
»Daigne me fortifier, ô Incréé ! afin que
»je puisse exécuter l'ordre dont je suis
»chargé ! Cet ordre terrible m'accable.
»Depuis que tu portes sur la croix le
»poids du jugement impénétrable de
»ton Pere, je suis comme enseveli sous
»les débris de tous les mondes. Grand
»Dieu ! eh ! qui suis-je ? qui suis-je,
»pour que l'Eternel m'envoie annoncer
»la plus redoutable de toutes les morts ?
»un esprit créé, il n'y a qu'un instant :
»un esprit captif dans un corps qui me
»rappelle que je suis fini, dans un corps
»que tu formas d'un nuage obscur &
»d'un torrent de flammes ! Médiateur
»tout-puissant ! l'horreur & le senti»ment d'une douleur que je n'ai jamais
»éprouvée, glacent mon cœur & ar»rêtent mon bras ! Mais Jéhova l'a
»ordonné, il faut que j'obéisse !»

Ainsi parla l'ange de la mort, & se leva, en frémissant d'effroi, sur le sommet de Sinaï. Lorsqu'il fut debout, Jéhova le revêtit de nouveau de toutes ses terreurs.

Il prend une attitude effrayante, & baisse son glaive étincellant vers Golgotha ! Une tempête affreuse s'élève derriere lui, & la voix de l'Immortel mêlée au bruit de la tempête, s'étend en mugissant sur le Jourdain, Génézareth & les forêts de palmiers. Les feux qui confumoient l'offrande du foir, furent pouffés comme des torrens vers la terre. L'immortel dit :

»Jéhova à qui tu t'offres, reçoit ton »offrande ! La colere de fa justice est »infinie ! Tu t'es foumis à la colere »infinie ! toi feul, & fans aucun des »êtres créés ! La voix de ton fang, »qui demande la grace éternelle, »est arrivée jufqu'à lui !.... mais il t'a »abandonné !.... Il t'abandonnera, juf- »qu'à ce que tu expires de la mort qui »doit réconcilier Dieu... Encore quel- »ques momens... quelques momens, »ô Homme-Dieu !... & tu mourras ! »

Ainfi parla l'ange de la mort, & il détourna fa face ! Jefus-Chrift éleva fes regards mourans vers le ciel, & cria, non avec la voix d'un mourant, mais avec la voix du Tout-puiffant, qui, à l'étonnement de tous les êtres finis, s'étoit livré volontairement à la mort...

»Mon Dieu!.... mon Dieu!....
»pourquoi m'as-tu abandonné?...» Et
les habitans des cieux se voilerent à l'afpect de ce myftere! Il éprouva tout-
à-coup, & dans toute fon étendue, le
fentiment de fon humanité... & ce fut
pour la derniere fois.... D'une voix
haletante, il dit...« J'ai foif...» Il but,
& refta dévoré de la foif... Tous fes
membres tremblerent... il devint plus
pâle... fon fang coula plus abondam-
ment... il cria:

»MON PERE, JE REMETS MON
»AME ENTRE TES MAINS...» Un
moment après...... «TOUT EST CON-
»SOMMÉ...» Il pencha la tête... &
mourut.

Fin du dixieme & dernier Chant.

nous plaifoit lui accorder nos Lettres de Privilége pour ce néceffaires. A CES CAUSES,
voulant favorablement traiter l'Expofant,
Nous lui avons permis & permettons par
ces Préfentes de faire imprimer lefdits Ouvrage autant de fois que bon lui femblera, &
de les faire vendre & débiter par tout notre
Royaume, pendant le tems de dix années
confécutives, à compter du jour de la date
des Préfentes. Faifons défenfes à tous Imprimeurs, Libraires, & autres perfonnes, de
quelque qualité & condition qu'elles foient,
d'en introduire d'impreffion étrangere dans
aucun lieu de notre obéiffance : comme auffi
d'imprimer, ou faire imprimer, vendre, faire
vendre, débiter ni contrefaire lefdits Ouvrages, ni d'en faire aucun extrait, fous quelque prétexte que ce puiffe être, fans la per-
miffion expreffe & par écrit dudit Expofant,
ou de ceux qui auront droit de lui, à peine de
confifcation des Exemplaires contrefaits, de
trois mille livres d'amende contre chacun des
contrevenans, dont un tiers à Nous, un tiers
à l'Hôtel-Dieu de Paris, & l'autre tiers audit
Expofant, ou à celui qui aura droit de lui, &
de tous dépens, dommages & intérêts. A la
charge que ces Préfentes feront enregiftrées
tout au long fur le Regiftre de la Communauté
des Imprimeurs & Libraires de Paris, dans
trois mois de la date d'icelles ; que l'impreffion
defdits Ouvrages fera faite dans notre Royaume, & non ailleurs, en bon papier & beaux
caracteres, conformément à fa feuille impri-
mée attachée pour modele fous le contre-
fcel des préfentes ; que l'impétrant fe confor

mera en tout aux Réglemens de la Librairie,
& notamment à celui du 10 Avril 1725;
qu'avant de les exposer en vente , les Ma-
nuscrits, qui auront servi de copies à l'impression desdits Ouvrages, seront remis dans le
même état où l'approbation y aura été donnée, ès mains de notre très-cher & féal Chevalier, Chancelier de France, le sieur DE
LAMOIGNON, & qu'il en sera ensuite remis
deux exemplaires de chacun dans notre Bi-
bliothèque publique , un dans celle de notre
Château du Louvre, un dans celle dudit
sieur DE LAMOIGNON , & un dans celle
de notre très-cher & féal Chevalier, Vice-
Chancelier & Garde des Sceaux de Franço,
le sieur DE MAUPEOU; le tout à peine de nul-
lité des Présentes. Du contenu desquelles
vous mandons & enjoignons de faire jouir le-
dit Exposant & ses ayans cause , pleinement
& paisiblement, sans souffrir qu'il leur soit
fait aucun trouble ou empêchement. Voulons,
que la copie des Présentes , qui sera impri-
mée tout au long , au commencement ou
à la fin desdits Ouvrages, soit tenue pour
dûement signifiée , & qu'aux copies collation-
nées par l'un de nos amés & féaux Conseil-
lers Secrétaires, foi soit ajoûtée comme à
l'Original. Commandons au premier notre
Huissier ou Sergent sur ce requis , de faire,
pour l'exécution d'icelles, tous actes requis &
nécessaires, sans demander autre permission,
& nonobstant clameur de Haro, Charte Nor-
mande , & Lettres à ce contraires : CAR tel
est notre plaisir. DONNÉ à Paris le vingt-troi-
sieme jour de Mai, l'an de grace mil sept cent

foixante-quatre, & de notre Regne le quarante-neuvieme. Par le Roi en fon Confeil.

Signé LE BEGUE.

Regiftré fur le Regiftre XVI de la Chambre Royale & Syndicale des Libraires & Imprimeurs de Paris, N° 136, Fol. 119, conformément au Réglement de 1723, qui fait défenfes, art. 41, à toutes perfonnes, de quelque qualité & condition qu'elles foient, autres que les Libraires & Imprimeurs, de vendre, débiter, faire afficher aucuns livres pour les vendre en leurs noms, foit qu'ils s'en difent les auteurs, où autremens, & à la charge de fournir à la fufdite Chambre neuf Exemplaire, prefcrits par l'art. 108 du même Réglement. A Paris, ce 8 Juin 1764.

Signé *LE BRETON*, Syndic.

Je céde à M. VINCENT, Libraire, mes droits au préfent Privilége pour *le Meffie de Klopftock* feulement, me les réfervant pour les *Fables de Leffing* & fes *Differtations*. A l'Ecole Royal-Militaire, ce trente-un Janvier mil fept cent foixante-neuf.

Signé D'ANTELMY.

Régiftré la préfente Ceffion fur le Regiftre XVII de la Chambre Royale & Syndicale des Libraires & Imprimeurs de Paris, N° 770, conformement aux anciens Réglemens, confirmés par celui du 28 Févr . A Paris, ce 15 Février 1769.

Signé *B* LASSON, S dic.

EXTRAIT du Catalogue des Livres qui se trouvent chez VINCENT.

ABRÉGÉ de l'Histoire ecclésiastique ; par M. l'abbé *Racine*, in-12, 15 vol.
52 l. 10 f.

Dictionnaire des Passions, des Vertus, & des Vices, 2 vol. in-8°, 1769. 9 l.

Discours sur l'Histoire universelle de l'Eglise ; par M. l'abbé *Racine*, in-12, 2 vol. 7 l.

Histoire de l'Eglise, depuis le commencement du monde jusqu'à présent ; par M. *Dupin* ; nouvelle édition, in-12, 4 vol. 10 l.

Histoire ecclésiastique de M. l'abbé *Fleury*, nouv. édition, in-4°, 36 vol. 216 l.

Histoire du Concile de Trente de Fra-Paolo Sarpi ; traduite par *P. Fr. Le Courayer*, nouvelle édition, augmentée de la Défense de cet ouvrage, in-4°, 3 vol. 30 l.

Préjugés des anciens & nouveaux Philosophes sur la nature de l'Ame ; par M. *Denefle*, in-12, 2 vol. 1765. 5 l.

Code militaire des Suisses, contenant tous les Réglemens & Ordonnances pour les troupes Suiss ; par M. *le Baron de Zur-Lauben*, in-12, 4 vol. 1764. 10 l.

Coutume de la Rochelle & du pays d'Aunis ; par M. *Valin*, nouvelle édition, augmentée, in-4°, 3 vol. 1768. 36 l.

L'Année champêtre ; par M. *Gardenne*, in-12, 3 vol. *Fig.* 1769. 9 l.

Essai sur les Mœurs du tems, in-12, 1768,
2 l. 10 s.

Essais politiques sur l'état présent de l'Europe ; par M. le Vicomte d'Andreſel,
nouvelle édition, in-12, 2 vol. 1766.
4 l. 10 s.

Observation sur la Noblesse & le Tiers-Etat ;
par Madame Belos, in-12, broch, 1 l. 4 s.

La Réformateur, ou Nouveau Projet pour
régir les Finances, pour augmenter le
Commerce, la Culture des Terres, &c.
nouvelle édition augmentée, in-12, 2 vol.
1766, 5 l.

Traité de la réduction & de la mesure des
bois, in-8°, fig, 1765, 6 l.

Vues politiques sur le Commerce des denrées, &c. nouv. édit. in-12, 1766, 3 l.

L'Arcadie moderne, ou l'Apothéose littéraire du Roi Stanislas, Pastorale héroïque,
à la gloire de ce Monarque, in-12, 1766.
2 l. 10 s.

Contes moraux dans le goût de ceux de
M. Marmontel, extraits de divers Auteurs, in-12, 4 vol rel, en deux, 1763.
5 l.

Fabliaux & Contes des Poëtes François des
XII, XIII, XIV & XV siécles ; par
M. de Barbaran, nouvelle édition, in-12,
3 vol. 1766. 6 l.

Lettres d'Osman ; par M. le Chevalier d'Arc,
in-12, 2 vol. 4 l. 10 s.

Mes Loisirs, & l'Apologie du Genre humain ; par M. le Chevalier d'Arc, nouv.
édit. augmentée, in-12, 2 l. 10 s.

Œuvres galantes & amoureuses d'Ovide,

traduction nouvelle ; en vers françois, in-8°, 1767. 4 l. 10 f.

Œuvres de *Pope*, nouvelle édition augmentée d'un volume, in-12. Amsterdam, 8 vol. *Fig.* 1767. 30 l.

Œuvres de *Pelisson*, in-12, 3 vol. 7 l. 10 f.

Œuvres de *Segrais*, nouvelle édition, 2 vol. in-12, *petit format*. 4 l.

Œuvres du Philosophe *de Sans-Soucy*, in-8°, 3 vol. 12 l.

———— Les mêmes Œuvres, nouvelle édition, in-12, 4 vol. *petit format*. 8 l.

Le Palais du Silence, Conte philosophique; par M. le Chevalier *d'Arc*, in-12, 2 vol. 4 l. 10 f.

Poësies diverses de M. *Coquard*, in-12, 2 vol. 4 l. 10 f.

Poliergie, ou Mélange de Littérature & de Poësies; par M. de *V***, in-12, nouvelle édition, 1766. 2 l. 10 f.

La Sagesse & la Folie, poësies diverses, in-12, *petit format*, 1766. 1 l. 15 f.

Fables de *Lessing*, in-12, 3 l.

Idylles de M. *Gessner*, in-8°, avec vign. 3 l.

———— Les mêmes, *sans vignettes*, 1762. 2 l.

Abrégé de l'Histoire de Languedoc ; par D. *Vaissette*, R. B. in-12, 6 vol. 15 l.

Anecdotes Françoises depuis l'établissement de la Monarchie jusqu'au Règne de *Louis XV*; par M. l'Abbé *Berrou*, nouvelle édition, in-8°, *petit format*, 1768, 5 l.

Anecdotes Angloises, depuis l'établissement de la Monarchie jusqu'au Règne de Georges III, in-8°, 1769. 15 l.

Anecdotes Italiennes, in-8°, *sous presse.*

Anecdotes Germaniques, in-8°, *sous presse.*

Guide des Chemins de la France, contenant toutes ses Routes, tant générales que particulieres, nouv. édit. in-12, *petit format*, 1768.   2 l.

Histoire du Concile de Trente de *Fra-Paolo Sarpi*, avec des notes critiques; par *P. Fr. Le Courayer*, nouvelle édition, à laquelle on a joint la défense de l'Auteur contre les censures de plusieurs Prélats & Théologiens, in-4°, 3 vol.   30 l.

Histoire militaire des Suisses, avec les généalogies des Maisons illustres; par M. le baron *de Zur-Lauben*, in-12, 8 vol. 20 l.

————— Code militaire des Suisses, servant de suite à l'Histoire des Suisses, in 12, 4 vol. 1764.   10 l.

Histoire poëtique tirée des Poëtes François: on y a joint un Dictionnaire poëtique; par M. l'Abbé *Bertou*, in-12, *petit format*, 1767,   2 l.

Histoire profane depuis son commencement jusqu'à présent; contenant les tems obscurs & fabuleux; l'Histoire des événemens arrivés dans tous les tems; les différentes Religions; & les Hommes illustres qui ont vécu dans chaque siécle; par M. *Dupin*, in-12, 6 vol.   15 l.

Institutions abrégées de Géographie, ou Analyse méthodique du obe terrestre; par M. *Maclot*, in-1   2 l. 5 f.

Mémoires & Lettres e *Henri* duc Rohan, publiés pour l première fois at le baron *de Zur-Lau* h, in-1 , 3 vol. 7 l. of.

www.ingramcontent.com/pod-product-compliance
Lightning Source LLC
Chambersburg PA
CBHW070501030726
47503CB00004B/1131